今回の人生はメイドらしい

登場人物紹介
ユリウス
ローゼンベルグ王国の
第三王子。泣きボクロが色っぽい
美男子で、庭いじりが趣味。
何やらワケありらしく、
王都から離れて暮らしている。
アリーシア
王子の城のスカラリーメイド。
数十回にも及ぶ辛い転生を
繰り返してきた。より良い来世or
天国行きを目指し、豊富な知識を
生かして善行に励む。

エレオノーレ
豊満な身体つきをした
謎の美女。アリーシアの持つ
知識を狙っている。
エドヴァルト
どこか陰のある青年。
エレオノーレの命令に
従って動いている。
レヴェリッジ
真面目で有能な執事。
全ての使用人の長であり、
アリーシアにとっては
上司に当たる。
アベーユ
城の騎士。式典で
大役を任されたことで、
アリーシアに
相談を持ちかける。
サハル
城のシェフ。仕事の面では
非常に厳しいが、アリーシアを
何かと助けてくれる
頼もしい存在。
アンバー
ハウスメイド。
アリーシアと同じ
大部屋で暮らしている。
優しくて友だち思い。

1　蘇《よみがえ》る過去の記憶

人生は一度限り。悔いなく生きよ。

……なんて、誰が言ったのだろう。

私は先日、何度目になるのかさえわからない人生を歩み始めた……いや、歩み始めたと言っては語弊《ごへい》がある。〝気付いたときには、すでに歩んでいた〟と言うのが正しい。

――【転生者《てんせいしゃ》】。

こんな言葉を聞いたことはあるだろうか？

◇　◇　◇

「いっただっきまーす」

神さまへの祈りもそこそこに、私はテーブルの上の黒パンへ手を伸ばした。

それを物言いたげに見つめるのは、兄のラウールである。

「兄さん、何？」

私はそう言いながら黒パンを手で小さくちぎり、塩で味付けされた野菜スープに浸《ひた》す。こうすると、硬くて味気ないパンがふやけて食べやすくなるのだ。

「エマ……お前は待つということができないのか？　まだ全員が席についてないだろう」

「まあまあ、あなた。良いじゃないの」

呆れた様子の兄を宥《なだ》めるのは、兄嫁のレジーヌだ。兄との間に生まれたばかりの娘、ディーナがいる。

私はレジーヌと同じ二十三歳だというのに、『未婚』『実家暮らし』『仕事なし』。……考えれば考えるほど、えらい違いだ。更に言うと、この国――ローゼンベルグにおける女性の結婚適齢期は十六歳から二十歳。私は世間では完全に売れ残り扱いだった。

ただ一つ言い訳をしておくならば、私は決して不器量ではない。母譲《ゆず》りの金髪《ブロンド》は緩《ゆる》く波打ち、父譲りの青い瞳はぱっちりとした猫目。鼻は少しツンと尖《とが》っていて生意気そうだと言われるものの、そんなに悪くないはずだ。

もちろんこれまでにお付き合いした人はいるし、結婚を申し込まれたこともある。でも私は居心地のいいこの家が大好きで、ずっとここで暮らしたい……なんて考えているのだ。

私のことを庇《かば》ってくれたレジーヌにありがとうの意味を込めて目配せすると、彼女は柔らかく微笑んでくれた。まったく口うるさい愚兄《ぐけい》にはもったいないお嫁さんだ。

「レジーヌはエマに甘すぎるな。俺の妹だからって、そんなに気を遣わなくていいんだぞ？」

兄はレジーヌが私の肩を持ったのが不満らしく、まだぐちぐちと言っている。

「そんなことないわ。だってエマったら私のお腹が大きいとき、『そんな重い物は持っちゃ駄目よ』と言って、畑仕事を全部代わってくれたのよ？　むしろエマが私に甘すぎると思うわ」

「そ、そうか……」

これには兄もたじたじになる。笑顔できっぱり言い切ったレジーヌは輝いて見えた。決して私を褒めてくれたからではない。

そんなやり取りをしているうちに父がやってきて、家族全員で夕食のテーブルを囲む。

父と母と兄と兄嫁、そして姪《めい》と私の六人家族。とはいえ、生まれたばかりの姪はさすがにテーブルにはつかず、ベビーベッドでスヤスヤと寝息を立てているが。

父に続いて皆で神さまに祈りを捧《ささ》げたあと、一斉に食事に手を伸ばした。

今日の夕食は、黒パンと野菜のスープ。日替わりでスープが塩味になったり、トマト味になったり、牛の乳を入れたシチューになったりするものの、基本はいつも同じ。特別な日でもない限り、毎日こんなメニューだ。

だが毎日同じと言っても侮《あなど》ることなかれ。農家である我が家のスープには、ふんだんに使われた野菜の旨味《うまみ》が溶け出していて、とても美味《おい》しい。これをマズイなんて言う者は、野菜嫌いのお子ちゃまか、家庭料理の味を知らない貴族か、味オンチに違いない。

その自慢のスープに、ちぎったパンの先だけ浸《ひた》す者もいれば、完全に沈めてしまう者もいる。私はどちらかといえば後者で、パンからスープが滴《したた》るほどつけて食べるのが好きだ。

スープをたっぷりと含んでホワンと膨らんだパンを、スプーンで口に運ぶ。柔らかくなったパンを噛むたびに、スープがジュワッとしみ出して口いっぱいに広がる。まさに至福の時間だ。

思わず綻《ほころ》ぶ口元からスープが零《こぼ》れないよう気を付けながら、二切れ目のパンを口に運ぶ。

だがパンを噛んだ瞬間、雷に打たれたかのごとき衝撃に見舞われた。

「つげほっ！　げほっ！」

「……まったく、そそっかしい奴だな」

兄が眉を顰《ひそ》めて文句を言いつつ、テーブルの上に置いてあったクロスを渡してくれる。が、私はそれどころではなかった。

自分の意思とは無関係に頭の中に流れ込んでくる〝記憶〟。

しかし、それはまったく身に覚えのないものばかりだった。見たこともない景色が次々と浮かんでは消えていく。

膨大な量の情報を脳が処理しきれず、ひどい頭痛に襲われる。とっさに両手で頭を抱え込むが、そんなことで和《やわ》らぐような生易《なまやさ》しい痛みではなかった。

握りしめていたスプーンを落としてしまったのだろう。硬い物がお皿にぶつかる甲高《かんだか》い音が聞こえたのを最後に、私は意識を手放した。

意識を取り戻し、ゆっくりと目を開ける。焦点が合わないまま何度も瞬《まばた》きする私の顔を、見知らぬ人たちが覗《のぞ》き込んでいた。

「エマ……だ、大丈夫？」

「どうしたんだ？　どこか痛むのか？」

ああ、全てを思い出した。

――私は【転生者】、アリーシア・オルフェ。天国の門に弾《はじ》かれた罪人だ。

「エマ……？」

目の前に座る男性が、困惑した様子で呟いた。

……エマ？

そうだ。私の名前だ。今回の――

私は【転生者】という言葉が示す通り、一つの生を終えるたびに次の生を与えられている。

それだけを聞けば神さまに愛されていると思われるかもしれないが、おそらく逆だ。

――私は、神さまに嫌われている。

そのため、人生の記憶をリセットされることなく、転生を繰り返している。辛い記憶を持ったままでは、魂の安寧《あんねい》などありえない。愛した者たちと死に別れた記憶を抱え、一人孤独に生き続けるのだ。

なぜそこまで神さまに嫌われたのか？　その理由もはっきりとはわからない。

だが、大体の予想はつく――

今から千年以上前に、私――アリーシア・オルフェは生まれた。グラシア皇国という国の侯爵家の姫として、何不自由なく育てられたのだ。

家柄だけでなく容姿にも恵まれ、私は人生を謳歌《おうか》した。その当時は気にも留めなかったが、実に傲慢《ごうまん》で嫌な女だった。

私の髪を梳《と》いていた侍女が、クシを少し引っかけたくらいで彼女の髪を丸刈りにしたり、私のドレスに飲み物を零《こぼ》したメイドを、鞭《むち》打ちにしたりした。彼女が飲み物を零したのは、私がぶつかったせいだというのに……

でも貴族とは往々にしてそういうものであり、私だけが特別悪人だったわけではない。お父さまもお母さまも私のすることを止めはしなかったし、彼らが同じようなことをするのを見て育った。

私と他の貴族との決定的な違い、それは一人の神官を破滅に追いやったことだろう。

その神官は若く、とても美しかった。一目で神さまから愛されているとわかるほどに。髪は金色に光り輝き、瞳は澄み切った空よりも青かった。彼が祭壇の前で跪《ひざまず》き、一心に祈りを捧《ささ》げる声は、信徒たちの心を癒《いや》していた。

——そんな彼に、私は生まれて初めて恋をしたのだ。

騙《だま》して屋敷に連れ込み、下着姿でベッドに誘った。だが、彼は私の誘いに乗らなかった。

私は思い通りにならない彼に怒り、両親に『彼に襲われた』と嘘をついた。これで彼は責任を取り、私と結婚せざるを得ないだろう……そう考えたのだ。

だが結果として罪のない神官は教会を破門され、失意のうちに流行《はや》り病《やまい》で亡くなった。きっと私のことを恨みながら息絶えたことだろう。

……しかし当時のグラシア皇国では、教会から免罪符《めんざいふ》を購入すればどんな罪も許され、死後は天国に行けるとされていた。当然、私もそう信じて疑わなかった。

だが、私は許されなかった。永遠なる安息の地へ、迎え入れてもらえなかったのだ。

不治の病に冒《おか》されたとき、私は三十代という若さだった。まだまだ人生を謳歌《おうか》したかった、そんな悔いを残したまま眠るように息を引き取った。

けれど次の瞬間、私は畑で熱い日射しを浴びながら、鍬《くわ》を振りかぶっていた。

いや、実際には農民に転生して畑仕事をしているときに、アリーシアの記憶を思い出したのだ。

いつも【転生者】としての記憶は唐突に蘇《よみがえ》る。

このときは転生したという事実どころか、自分が持っている道具の名前すらわからず、ひどく混乱したものだ。転生先の家族にも随分と迷惑をかけてしまった。

「何よこの汚い家は！　ペットの犬の方がまだマシな部屋に住んでいてよ！」

「人攫《ひとさら》い！　わたくしをこんな目に遭わせて、ただで済むとでもお思い？」

「わたくしに触らないで！　早く家に帰しなさい！」

日々の農作業で真っ黒に焼けた私は、色あせた木綿《もめん》のワンピースを身に纏《まと》い、貴族のように振舞いながら喚《わめ》いた。今でも当時の家族たちの、唖然とした表情を忘れられない。

農民の娘として生まれ育ったことを徐々に思い出してからも、これは悪い夢だと信じて疑わなかった。

だが同じようなことを二度三度と繰り返すうちに、自分が【転生者】であることを認めざるを得なくなっていったのだ。

それ以降の転生先は実にバラエティに富んでいたが、私は読み書きを含め、言葉に不自由することはなかった。実に不思議だが、神さまからのせめてもの慈悲《じひ》かもしれない。

転生が五回を過ぎたあたりから、人を傷つける言葉をグッと呑み込む術《すべ》を覚え、転生が十回を過ぎた頃には、できるだけ周りの人にショックを与えないように振る舞っていた。アリーシア時代からすると、大した進歩だ。

とはいえ、その程度で罪が許されるはずもなく、それから先、数十……下手をすれば三桁《けた》に及ぶ転生を繰り返してきた。そして必ず、私が昔嘲《あざけ》り虐《しいた》げていた者たち——使用人や庶民として生まれてきたのだ。

いや、ときには動物や虫に転生することもあったが、いずれにせよ、アリーシアのような特権階級に生まれたことは一度としてない。

きっと神さまは、まだ私の罪を許されてはいないのだろう。そしてこの転生がいつまで続くかわからないまま、私は一人で現世を彷徨《さまよ》い続けるに違いない。

そして今回新たに用意された人生が、この身体の持ち主というわけだ。

——エマ・ブラウン、二十三歳。ローゼンベルグという国の辺境にある村、サウスダート生まれ。独身、無職。

私はエマの記憶を整理しながら、今回の転生先の家族を見回した。

私の隣に座る金髪の女性が母親で、その横に座る青い瞳の男性が父親。私の向かいに座る、父によく似た青年は兄で、彼の横に座る赤毛の女性が兄嫁だろう。エマの記憶によれば、他に生まれたばかりの姪《めい》っ子もいるはず……

ずっと黙ったままの私を家族たちが怪訝《けげん》そうに見つめているのに気が付き、私は慌てて笑顔を作る。

「だ、大丈夫。急に頭が痛くなっちゃって……ごめんね、びっくりさせた？」

まさか『【転生者】としての記憶を思い出して……』などとは言えないため、笑って誤魔化《ごまか》す。

最初に反応したのは、父だった。

「本当に大丈夫なのか？」

「ええ。何ともないわ」

あっけらかんと答える私を見て、父は安堵の表情を浮かべた。だが、母はまだ心配そうにしている。

「でも、すごく苦しそうだったわよ？　お医者さまを呼んだ方が……」

「大げさよ。本当に平気だから、心配しないで。ね？」

医者を呼ばれて困ることは何もないが、この世界では診察代や薬代が非常に高額なので、滅多なことでは医者の世話にならないと記憶している。

「じゃあせめて、横になった方がいいんじゃない？」

私はその母の言葉に甘えることにした。情報を整理する時間が必要だったからだ。エマの記憶を探りながらの会話は神経を使う。

「そうね……そうする。お休みなさい」

未だ心配そうな母に笑顔を向けてから、記憶にあるエマの部屋へと向かう。二階の端にあるその部屋に入り静かにドアを閉めたあと、室内をざっと見回した。

シンプルな木製のベッドとチェスト。それらの上には手作りのぬいぐるみが置いてある。リネン類やカーテンはピンク系で統一され、二十三歳の女性の部屋にしては少し子供っぽい。とはいえ私はこれらを見慣れているはずなのだが、妙に落ち着かない気分になる。

前世の記憶を取り戻した日はいつもこうだ。自分であって自分でない者が生活してきた空間は、どうにも居心地が悪い。

そんな気分を払拭《ふっしょく》するため、部屋の隅《すみ》にある本棚に手を伸ばすが、子供向けの絵本が数冊入っているだけだった。エマはあまり読書には興味がなかったことを思い出す。

ベッドの脇に目を移すと、作りかけのレース編みが籠《かご》に入れられていた。

私はエマの記憶を探る。

「……ああ、そうだ……本当は生まれてくるディーナのために、帽子とおくるみを作ろうとしてたのよね。でも結局間に合わなくて、レジーヌの誕生日祝いに贈るショールに編み直してるんだっけ」

確かレジーヌの誕生日は来月の予定だ。

「おっちょこちょいで、ドジで……でも気さくでいつも明るくて。そんな娘《こ》だったわね、エマ」

私は自分の胸に手を当てて呟いた。

――エマはもういない。

エマ・ブラウンは消えて、アリーシア・オルフェになったのだ。

【転生者】であることを思い出してしまった以上、私はアリーシアとしてしか生きていけない。エマの記憶はもちろん受け継ぐが、他のたくさんの人生の記憶と同様に、アリーシアの一部となってしまう。

ベッドに腰掛け、母の手作りのベッドカバーをそっと撫でる。丁寧な刺繍《ししゅう》が施《ほどこ》されたカバーは、母の愛に溢れていた。

「平凡だけど、愛に満ちた家庭。エマは幸せな人生を歩んでいたのね」

誰に言うでもなく、そう呟く。

「今回の人生はかなり良い方だわ……またあそこに転生するのだけは、絶対に嫌……」

私は一つ前の前世での辛い生活を思い出して、ぶるりと身を震わせた。あそこでの暮らしを思い出すだけで、恐怖を覚える。

――奴隷だったのだ。

それも魔王さまの奴隷。比喩《ひゆ》ではなく、頭に二本の角が生えた正真正銘の魔王。

人間なんて虫ケラ……いや、石ころ程度にしか思っていない、冷酷無比で残虐な王さまの城。

そこでの生活は実に辛く苦しいもので、早く死んでしまいたいと何度も思った。

「ようやく……ようやく終わったのね!!」

歓喜のまま歌って踊り出したいところだが、階下の家族をこれ以上心配させるわけにはいかない。

だからグッとこらえ、小さくガッツポーズをするにとどめた。

「それに比べて、今回は本当に普通の世界……それも私が生まれた世界によく似ているわ」

ここは魔法も魔族も存在しない、人間だけの世界だ。けれどグラシア皇国と同じく、王族や貴族といった特権階級が存在している。

「こういった世界は久しぶりね……」

やはり生まれ故郷に似た世界は落ち着く。

というのも、最近はずっと変な世界にばかり転生していたからだ。

――魔族や魔法の存在する世界、精霊界、おとぎ話の世界……

中でも地球という星に転生したときは、本当に驚いた。

だって鉄の塊《かたまり》が空を飛ぶなんて、信じられる？　馬の代わりに鉄の箱が人々を乗せて、我が物顔で街中を走っている世界を想像できる？　無理でしょう？

その世界でアリーシアの記憶を取り戻したとき、私は日本という小さな島国の『女子高生』だった。同世代の若者たちと揃《そろ》いの制服を着て学校へ通い、勉強することが仕事という不思議な身分だ。

初めこそ戸惑ったものの、ひと月もする頃にはケータイなる魔法の箱を使いこなし、友人から送られてくる暗号文も解読できるまでになった。

他には……ああ、そうだ。絵本の世界に転生したこともある。

『虹色の水』という、私の故国グラシア皇国で読まれていた絵本だ。

幸せをもたらす虹色の水を手に入れるため、一人の若者が旅に出る。心根が優しく勇気ある若者は数々の困難を乗り越え、虹色の水を手に入れる。そして旅の途中で出会った美しい少女と結婚して幸せに暮らすという、ありふれた内容の物語である。

私は主人公の若者や彼と結ばれる少女ではなく、若者が暮らす街の住人Cだった。

それを自覚したとき、気付いたのだ。私は絶対に特権階級には転生できず、物語の世界でも主人公には決してなれないということに。少なくとも、私の罪が許されるまでは……

しかし、その【庶民や脇役に転生する】という決まり事と【ある法則】を除けば、転生先は何でもありだ。

世界も時間軸もバラバラ、もちろん性別が男になったことだって何度もある。

さすがにアリーシアとしての自我を取り戻してからは、女性に恋することはできなかったので、そういう場合は生涯独身を貫《つらぬ》いた。女性に転生した場合は結婚したこともあるが、子供を産んだことは一度もない。

ともかく男女を問わず、人間に転生したときは幸運な方だ。

鹿にウサギ、コオロギやバッタ、セミに転生したこともある。一週間鳴いて暮らしたものだ……ミーンミーンと。

こうやって思い返してみると、日本に転生したときの人生は、とても幸せなものだった。命の危険が少ない国、満たされる知識欲、美味《おい》しい食事、便利な道具……

あれをベストとするのなら、ワーストはぶっちぎりであそこだ……魔王城。これに関しては、もう詳しい説明は必要ないだろう。

そして先ほど言った【ある法則】というのが、日本や魔王城への転生と深く関わっている。

——善行をすれば次の転生先は少しマシになり、逆に悪行をすればとても厳しくなるのだ。

日本に転生する一つ前の人生で、私は馬車に轢《ひ》かれそうになっていた猫を助けようとして、はねられて死んだ。

ひどく間抜けな話なのだが、どうやら神さまの評価は高かったらしい。

逆に前回、魔王城に転生してしまったのは、その一つ前の人生でリンゴを万引きしたためだと思われる。追いかけてきた店主から逃げる際、通行人を突き飛ばしたことも悪かったに違いない。

確かに悪いことだが、魔王城で奴隷をさせられるほどだろうか？　自分を正当化するつもりはないけれど、そのときはお金がなくて二日間何も食べておらず、ひどく飢えていたというのに……

そういえば道に落ちていた銀貨をネコババしたときも、次の人生でエライ目に遭ったなあ……と思い出す。

今でこそ、こうして過去を冷静に振り返る余裕があるものの、自分が【転生者】であると認めるまでには、長い時間を必要とした。

贅沢《ぜいたく》な生活というのはなかなか忘れられないもの。侯爵令嬢としての記憶は、長い間私を苦しめた。自分が庶民や脇役であることが屈辱《くつじょく》で、私にこんな仕打ちをする神さまを呪った。

しかし、長い転生生活で色々な人と触れ合ううちに、神さまではなくかつての自分の愚かさを呪うようになった。

とはいえ、なぜ私だけがこんな風に転生を繰り返すのかはわからない。

それとも誰もが口にしないだけで、世界は私のような【転生者】で溢れているのだろうか？

いくら考えても答えは出ない。

ただ私は与えられた生を必死に生きるだけ。

いつか神さまに許され、天国の門が開かれる日を夢見て……これまでも、そしてこれからも。

私はベッドに身を横たえ、そっと目を閉じた。

◇　◇　◇

「エマ！　聞いてるの？」

物思いに耽《ふけ》っていた私は、母の声で現実に引き戻された。

あれから十日。私の手には一切れの黒パン。どうやらパンを持ったまま固まっていたらしい。一緒に食卓を囲んでいる家族が、心配そうに私を見つめていた。

母が何かを決心したようにスプーンを置き、静かに口を開く。

「……エマ、あなた最近変よ？　口から生まれてきたに違いないって言われるほど、お喋《しゃべ》りが大好きなあなたが黙り込んで……何か悩みでもあるの？」

「確かに変だな。この間だって俺や父さんの本棚を漁《あさ》って、何冊もの本を読み耽《ふけ》っていたし……俺は一瞬、夢を見てるのかと思ったぐらいだ」

兄がそう言って母に同調すると、父までもが頷いた。

「エマ、私たちは家族だろう？　打ち明けてごらん」

真剣な眼差しを向けられ、私は困った。

悩みなんてないのだ。数日前に、自分が【転生者】であることを思い出しただけ。

ただ、それに伴《ともな》いエマ・ブラウンはいなくなった。お喋《しゃべ》りでお転婆《てんば》で朗《ほが》らかな彼女ではなく、何度も人生を経験しているため妙に知恵が回って、物事にあまり動じない私――アリーシア・オルフェとなったのだ。

それを正直に話せば、母たちは悲しみ、そして最終的には私のことを憎むだろう。

なぜなら彼らにとっての家族はエマ・ブラウンであり、私は言わば彼女の身体を乗っ取った別人にすぎないからだ。

「別に、悩みなんて……」

私はそう誤魔化《ごまか》すしかことできなかった。

しかしそんな返事で家族が納得するはずもなく、私が悩みを打ち明けるのを辛抱強く待っている。

私は少し迷ったものの、記憶が戻ったときから立てていた計画を早めに実行することにした。

「やっぱり家族に隠し事はできないね。実は私……家を出ようと思うの」

突然の独《ひと》り立ち宣言に、皆は言葉も出ないほど驚いている。やがて驚きからいち早く立ち直った母が、目に涙をためながら聞いてきた。

「どうして!?　そんなの無茶よ……私のお使いでさえ三回のうち二回は間違えるあなたが、一人で暮らすだなんて……」

テーブルの上で小刻みに震える母の手を、父が慰《なぐさ》めるように握り、低い声で尋ねてくる。

「なぜだ……理由は？」

家を出る理由は二つ。

一つ目は、家族を悲しませたくないから。こんな短期間で私の様子がおかしいと気付く彼らだ。このまま一緒に暮らしていたら、いずれ私の秘密を告白せざるを得なくなる。そうなれば、彼らはひどく悲しむに違いない。

二つ目は、善行を積まなければならないからだ。

良いことをすれば来世がより良いものになるという法則があるくらいだから、善行を積んでいれば、いずれは罪を許され天国へ行けるかもしれない。

この家で両親に甘えっぱなしの怠惰《たいだ》な生活を続けていては、それは望めない。それに働こうにも、こんな田舎では働き口なんてないから、都会に出なければ。

だが本当のことは言えないので、私は用意していた答えを口にする。

「ディーナも生まれたことだし、いつまでも母さんたちに甘えていられないと思って。あの小さなお姫さまに、自分の部屋をあげないと駄目でしょ？」

二週間ほど前に生まれたばかりの姪《めい》を引き合いに出すと、今度はレジーヌが慌てたように言う。

「そんな！　まだ私たちと一緒の部屋で十分よ、ねえ」

レジーヌは同意を求め、隣に座る兄を見上げた。

「レジーヌの言う通りだ。確かにディーナにも部屋は必要だが、まだ早い。その頃には、さすがのお前も嫁に行っているだろうし、今家を出る必要はないと思うぞ？」

「でも、私ももうこんな年だしさ、結婚できなかったときのために、手に職をつけとかないと」

結婚適齢期は過ぎているし、都会に出たとしても、まともな仕事にありつくためには手に職か若さ、そのどちらかが必要となる。

私に残された時間は長くない。

「なるほどな……しかし悩みなんてなさそうに見えるお前が、そんなことを考えていたとは気が付かなかったよ」

兄は苦笑しつつも理解してくれた。あとは両親の説得だ。

「お父さん、お母さん……お願い、わかって」

そう懇願《こんがん》すると、父はゆっくりと頷いた。

「……お前がそこまで言うのなら仕方ないな。できる限りの応援はしてやる。具体的な計画はあるのか？　話してみろ」

父に促《うなが》され、ある街で働きながら生活するつもりだと告げた。街の名を聞いた父は、元より渋かった顔を更に渋くする。

「ケールベルグ領か……遠いな……」

父がそう言うのも無理はない。間違っても家族がふらりと会いに来ないよう、この町のすぐ隣にある地方都市ではなく、あえて遠くの領地にある大都市を選んだのだ。

「でも、それくらい大きな街じゃないと、仕事にありつけないだろうし……」

言い訳っぽく聞こえるだろう私の台詞《せりふ》に、ありがたいことに兄が頷いてくれた。

「確かにエマの言う通りかもしれないな。隣町は失業者が多くて治安も悪くなっているって耳にするし」

その兄の言葉を聞いて、ようやく父は諦《あきら》めたように大きく息を吐《は》き出した。

「わかった。で、いつ家を出るつもりなんだ？」

「ひと月以内には――」

私の言葉を遮《さえぎ》り、母が悲鳴にも似た声を上げる。

「そんなに急がなくてもいいじゃない！」

とうとう母は泣き崩れてしまった。私はとっさにその身体を抱きしめようとする。

だがもはやエマではない私に、母を慰《なぐさ》める資格があるのだろうか……そう思って、伸ばしかけた手を止めた。

それでも目の前で泣き続ける母を放っておくことはできず、肩にそうっと手をのせる。その細い肩は震えていて、胸が痛んだ。

私は幾度となく、愛する人との別れを経験した。天国で再会することも叶わず、泣いて、泣いて、泣いて、泣いて……

愛するからこんなにも苦しいのだ。忘れられないから悲しいのだ。

あるときそれに気付いた私は、人を心から愛することをやめた。そうならないよう、人と深く関わることを避けるようになったのだ。

でもエマの母親は、すでに私の心に入り込んでしまっていた。

アリーシアの自我が目覚めてからたったの数日間ではあるが、母親らしい愛情を注いでくれた。毎日『体調はどう？　無理はしないでね』と尋ねてくれたし、庭で取れた果物を『これすごく美味《おい》しいわよ。好きでしょう？』と言って手渡してくれた。

そんな彼女を好きになるなという方が無理だった。

私だって……できることなら、ずっとこの家で暮らしていたい
でもそうすれば、いずれ私の変化に気が付き、嘆き悲しむのは家族たちなのだ。

私は腹にぐっと力を入れて告げる。

「お母さん、長く時間をかけるほどに、決心が鈍《にぶ》ってしまうと思うの。そうなれば余計に別れが辛くなるわ。わかってちょうだい」

父は椅子から立ち上がって母の傍《そば》に立ち、そっとその頭を抱く。

「母さん、エマなりによく考えた結果なんだろう。それにエマも、もういい大人だ。その意思を尊重してやろうじゃないか」

「……そうね、いつまでも小さな子供じゃないものね。私もエマの歳には、もうとっくに実家を出てこの家に嫁《とつ》いでいたし、ラウールとエマを産んでいましたものね」

そう言って、母は嫋《たお》やかに笑ってみせた。

それを見た父は、家長らしく厳《おごそ》かな声で私に言う。

「お前の気持ちはよくわかった。私たちも旅立ちの準備を手伝おう」

◇　◇　◇

あれからひと月半。私は予定通りケールベルグ領にやって来た。

街をぐるりと取り囲む高い壁。その東西と南に設けられている大門の一つをくぐると、村とは違う洗練された街並みが目に飛び込んできた。

「想像していたよりもずっと大きいし、すごく綺麗な街ね」

いかにも防衛のために作られたといった感じの、堅牢《けんろう》だが味気ない壁に囲まれているので、外から見たときはわからなかった。

領主の城が北の丘にでーんと建っていて、その下には大きなお屋敷が点在している。

そのエリアは言うに及ばず、一般庶民の住居と思しき白い石造りの建物が隙間《すきま》なく立ち並ぶ様《さま》でさえ、辺境《サウスダート》の村から出てきた私には圧巻の光景である。

……といっても前回の人生で暮らしていた魔王城は、それこそこの街の数十倍の規模だったけれど。

「さてと！　街並みを堪能《たんのう》するのはこれくらいにして、まずは家と仕事を探さなきゃね」

こういった大きな街には中央広場があり、あらゆる情報を記《しる》した『掲示板』が設置されている場合が多いため、私は革製の旅行カバンを手に中心地へ向かう。幸い中央広場も掲示板も、すぐに見つけることができた。

貼り出されている情報の量は、大きな街だけあってとても多い。求人情報もかなりの数があるようだ。

「あった、あった。ええと……どれにするか迷うわね……」

そう呟きつつ求人情報を物色し始めたのだが、何しろ前世が奴隷だったため、給金をもらえるというだけでいい待遇だと感じて目移りしてしまう。困ったものだ。

だが、やがて一枚の求人票が目に留まり、私は驚きの声を上げた。

「嘘！　こんな条件の良い仕事が、まだ誰にも取られてないなんて！」

私は迷うことなく、その紙を一気に剥《は》がす。

手にした紙をもう一度じっくりと眺めてみたが、見間違いではないようだ。


――スカラリーメイド募集。女性限定・年齢二十五歳まで。ケールベルグ城での住み込みの仕事となります。制服貸与《たいよ》。食事付き。勤務時間は早朝から深夜に及びます。体力のある方、すぐに働ける方を歓迎――


スカラリーメイドとは、主に皿洗いなどの水仕事を任される最下級の使用人だ。だが今の私には、仕事の内容なんかどうでもいい。

「衣食住がついてくるなんて素敵……よし！　これに決めた!!」

そうして私は大きな革のカバンを手に、意気揚々《いきようよう》とケールベルグ城へ向かうのであった。

2　踏み出した一歩

「……オルフェ邸よりもずっと大きい」

　最初の人生で暮らしていたオルフェ邸も、侯爵家だけあってかなり大きな屋敷だった。けれど、ここことは比べものにならない。正門に立っていた衛士《えいし》から裏口へ回れと言われて城の庭を歩いているものの、一向にたどりつかないのだ。

　不安になった私は、すれ違ったメイドに声をかける。

「すみません、裏口ってこっちでいいんですよね？」

「そうだけど……あなた新しいメイド？」

「いえ、メイド募集の貼り紙を見て、面接を受けに来たんです」

「あら、そうなの。大きなカバンを持ってるから、てっきり今日からここに住むのかと思ったわ」

　彼女はカバンを指差して笑った。

「これ……そんなに目立ちます？」

「そうね。今から面接でしょ？　それはどこかに置いといた方が賢明ね」

　そう教えてくれた彼女と別れたあと、私はカバンの隠し場所を探し始めた。

　数分歩いた先にラズベリーの茂みを見つけ、そこにカバンを隠すことにする。

以前木こりに転生したことがあるので知っている。ラズベリーの木には棘《とげ》があるのだ。人さまの全財産を狙うような悪党は、この棘で怪我をするがいい！

誰かに見られたら引かれそうな黒い笑みを浮かべながら、私はせっせとカバンを隠す。もちろん取り出すときのことを考えて、蔦《つる》を持ち手に巻きつけておくのも忘れない。

幸いこの怪しい動きを人に見られることなく隠し終えることができた。私は満足げに笑うと、身体に付いた土や草を払う。そして再び裏口へ向かって歩き出すのだった。

「あなたの名前は？」

ニコリともせずそう尋ねてきたのは、大きなデスクを挟んで向かいに座る神経質そうな男性だ。この城の執事であるという彼は、レヴェリッジと名乗った。

今、私は城の地下にある一室で面接を受けている。

レヴェリッジさんは胸ポケットから銀色の眼鏡《めがね》を出してかけると、白い手袋をはめた手で書類の束をパラパラと捲《めく》る。

「アリーシア・オルフェと申します」

私はできる限り感じ良く答えた。

サウスダートを出たとき、エマ・ブラウンの名は捨てた。これからはアリーシアという名前で生きていく。

本名でないことは調べればわかってしまうが、たかがスカラリーメイドを一人雇《やと》うために、わざわざ素性を調べたりはしないだろう。

とはいえ、偽《いつわ》るのは名前だけと決めている。それ以外は全て事実を告げるつもりだ。

「紹介状は、ないようですね」

「はい。ずっと家で母の手伝いをしていたのですが、先日兄夫婦の間に姪《めい》が生まれたのをきっかけに独《ひと》り立ちしようと、サウスダートから出てきたばかりなんです」

実はメイドの仕事に就《つ》くのに、紹介状がないのはとても不利なのだ。紹介状を持たないメイドというのは、その多くが何らかの問題を起こして解雇《かいこ》されたため、前の雇い主に紹介状を書いてもらえなかった者たち――つまり問題児なのである。

これまでの転生経験の中で、メイドの職に就いたのも一度や二度ではないから、そのあたりの事情には詳しい。

だから問題児だと思われたくなくて、私は聞かれてもいない理由を話したのだった。

「では、メイドの仕事は初めてということですか？」

疑うような視線を向けられたものの、一応は信じてもらえたらしい。

「はい。ですが、生家では一通りの家事をこなしていましたし、農家でしたから体力にも自信があります！」

「わかりました。結果は追って連絡します。滞在先は――？」

「あー……実は先ほどこの街に着いたばかりでして……よければおすすめの宿など教えていただけませんか？」

正直に話すと、レヴェリッジさんは驚いたような表情を浮かべてから、微《かす》かに笑った。

「利用したことはないですが、街の大通り沿いにあるグート亭という宿は、良心的な値段で食事も美味《おい》しいと聞いたことがあります」

「じゃあ、そこが空《あ》いていればお世話になろうと思います」

「わかりました。ではそちらに結果を伝えますので、もし部屋が取れなかった場合でも、宿にその確認だけはしに行ってください」

「はい」

私の返事を聞いたレヴェリッジさんは、これで面接は終わりだとばかりに、書類を手帳に挟んでパタンと閉じた。

このスマートな動き、デキる人っぽいな……などと思いながらじっと見つめていた私は、レヴェリッジさんの咳払《せきばら》いで我に返り、慌ててお辞儀をして部屋から出るのだった。

◇　◇　◇

「おかしいなあ、確かこの辺だったと思うんだけど……」

カバンを隠したラズベリーの茂みを探しながら、庭を彷徨《さまよ》う。

「あ！　あった！」

ようやく見つけた茂みの傍《そば》にしゃがみ込み、カバンに巻きつけておいた蔦《つる》を探した。それはすぐに見つかったので、両手でズルズルと引っ張り出す。

だが途中で何かに引っかかったらしく、動かなくなってしまった。

「嘘……」

諦《あきら》めずに角度を変えて引っ張るも、びくともしない。

「これはもう、覚悟を決めるしかないかも……」

「何の覚悟を決めるんだい？」

突然背後から声をかけられ、驚いて振り返る。そこにはシンプルな白いシャツを肘まで捲《まく》り上げた男性がいて、私を面白そうに見つめていた。

「……私に何かご用でしょうか？」

「用っていうか……」

男性はそう言って、クスリと笑う。

「花の様子を見に来たら、何やらしゃがみ込んでごそごそしている君を見つけたから、声をかけただけだけど？」

片手を腰に当てて首を傾げながら、私を見下ろす男性。花の様子を見に来たということは、きっと庭師だろう。

気まずくなった私は、思いっきり目を逸《そ》らした。

「泥棒……じゃないよね？」

「違います！」

私は慌てて否定した。万が一このことがレヴェリッジさんの耳に入ったら、間違いなく不採用になる。

そこで男性とバッチリ目が合ってしまった。

あ……この人、よく見るとすごく格好いい。

少し癖《くせ》のある髪は夕陽のように赤く、瞳は深い緑色をしていた。右目の下に、小さな泣きボクロがある。

「そう……じゃあ、ここで何をしていたか教えてくれるね？」

庭師の男性は『逃がさないよ？』とばかりに、にっこりと笑ってみせる。私は誤魔化《ごまか》すことは諦《あきら》め、仕方なく事情を説明するのだった。


「はい、どうぞ」

そう言って手渡されたのは、私のカバンだ。

「本当にありがとうございました！」

カバンを受け取りながら、深々と頭を下げる。

事情を話すと、庭師の男性はカバンを取り出してくれた。……茂みに腕を突っ込んで。彼の傷だらけになった右腕を見ると、申し訳ない気持ちでいっぱいになる。

「いいんだよ。女性にこんなことをさせるわけにはいかないからね」

「でも……あっ！」

細かい擦《す》り傷の中に一つだけ大きめの傷があり、そこから血が流れている。

私は慌ててポケットからハンカチを取り出すと、彼の腕に巻きつけた。

「ありがとう、それにごめん。ハンカチ駄目にしちゃったね」

「そんな……むしろ私のせいで怪我をさせてしまって、本当に申し訳ありません」

「いいよ。ほら、まだ宿も取ってないんだろう？　早く行った方が良い」

「でも……」

確かに今日の寝床を早めに確保しなければならないが、ろくにお礼もしないまま立ち去るわけにはいかない。

「いいから。どうせ君が面接に受かればいつでも会えるさ」

「……わかりました。あの、お名前を教えていただけますか？　私はアリーシアです」

「僕はユリウス」

「ユリウスさんですね！　絶対に受かって恩返しをしますので、それまで待っていてください！」

ニッコリと微笑んでくれたユリウスさんに向かって、小声で付け加える。

「……そのためにも、ここでのことは執事のレヴェリッジさんには絶対に言わないでくださいね」

するとユリウスさんは、声を上げて笑い出した。

「ちょっ！　そんな大きな声を出したら、誰か来ちゃいます！」

「大丈夫だよ。ここに人が来ることはほとんどないからね」

「そうなんですか？」

「このあたりの植物は観賞用じゃなくて、僕が趣味で育てているんだ。といっても無断でじゃないよ、ちゃんと城の許可は取ってある」

そう言っていたずらっぽく、片目をつぶってみせる彼。

「でも心配なら、早く行った方がいいよ。ほら」

背中をトンと押され、私はその場を離れた。

少し歩いたあと後ろを振り返ってみると、ユリウスさんはまだそこにいた。そしてヒラヒラと手を振ってくれる。

私は小さく手を振り返してから、再び前を向いて歩き出した。

「良い人だったなあ……格好良いし、優しいし……」

そう呟きながら、私はこの城で働きたい理由が一つ増えたことに気付いたのだった。

◇　◇　◇

その後、急いで街の大通りに戻った私は、無事にレヴェリッジさんおすすめのグート亭を見つけ、部屋を借りることができた。

お手頃だと聞いていただけあり、かなり安い。この値段ならしばらくの間は泊まっていられるだろう。

「はい、お待ちどうさま。これがこの宿の名物だよ！」

女将《おかみ》さんがテーブルの上にドンッと置いたのは、ソーセージとポテトフライの盛り合わせ。それに香ばしい匂いのするバケットと、麦酒《ビール》だ。

「これって……お酒ですよね？」

何を食べようか迷って『おすすめをお願いします』と注文したのだが、まさかお酒まで出てくるとは思わなかった。

「あんた成人してんだろ？」

「え、ええ」

「なら飲まなきゃ。この街の皆はこれが大好きなのさ！　ほらほら、グイッといきな」

女将さんの押しに負けて、グラスにそっと口をつける。

「……美味《おい》しい！」

少し舐めただけだが、懐《なつ》かしい味がして思わず叫んでしまう。

実はお酒を飲むのは久しぶりだった。魔王城では飲めるわけがなかったし、その前の人生でも飲んでいない。ざっと百年以上は口にしていないことになる。

だけど猟師とか木こりに転生したときは、毎日浴びるように飲んでいたのだ。そうそう、この味だよ！

「おっ！　なかなかイケる口じゃないか！」

ぐびぐびと飲み出した私を見て、女将さんは気を良くしたみたいだ。

「あんた一人なのかい？」

「はい。仕事を探してこの街に来たんです。今日メイドの面接を受けたので、受かれば住み込みで働けるんですけど。不採用なら自分で家を探さないと駄目ですね」

「へえ、メイドねえ……どこのお屋敷だい？」

「ケールベルグ城です」

そう言うと、女将《おかみ》さんは感心したように頷いた。

「領主さまの……へえ、受かるといいねえ。あそこは使用人に優しいって噂《うわさ》だよ。あんた喋《しゃべ》り方とかがあたしらに比べたらずっと上品だし、受かるんじゃないかい？」

上品と言われて、私は苦笑いを浮かべた。

何しろ元は貴族だ。マナーや言葉使いといったものは知っていて損はないから、できるだけ忘れないように心がけている。

とはいえ、周りから浮かないよう気を付けているつもりなのだが……

なんだか気まずくなって、私は話題を変える。

「ところで、領主さまってどんな方なんですか？」

執事と庭師には会ったが、肝心の領主さまには会っていないので、好奇心から尋ねてみた。

「穏やかで人当たりが良いという噂だがね……会ったことはないよ。お会いできるのは貴族か、使用人の中でもエライ人たちだけだろう？　だがもし見る機会があったら、どんなお姿をしているのか話の種に教えておくれね」

私はくすくすと笑いながら頷いてみせた。

もう少し話を聞きたいなと思ったけれど、女将さんは他の客に呼ばれてそちらへ行ってしまう。

女将さんを呼んだ客は家族連れのようだ。家族旅行でこの街に来たのか、楽しそうな笑い声が店内に響き渡る。その声を聞きながら、残っていた麦酒《ビール》をグイッと呷《あお》った。

「家族か……私もいつか……」

これまで結婚をしたことはあるけれど、子供を産んだことは一度もない。いつか神さまに許され【転生者】としての生を終えるときには、貧しくてもいいから愛する夫と子供に見取られたいものだ。

「……あ、すみません。麦酒追加で！」

しめっぽくなった気持ちを誤魔化《ごまか》すために、空《から》になったグラスを持ち上げ元気よく叫ぶ。すると横を通りかかった従業員が、これまた元気よく返事をしてくれた。

「あいよ！」

――私が採用通知を手にしたのは、それから三日後のことである。

◇　◇　◇

働き始めて約ひと月。早いもので、私はすっかり城に馴染《なじ》んでいた。

「アリーシア！　ぼさっとしてないで、これも早く洗え！」

「はーい、ただ今ー」

気難しい料理長《シェフ》の怒鳴り声に怯《ひる》むこともなく、私はいつもと変わらぬ返事をする。

私がゲットした職――スカラリーメイドは、メイドの中でも最下層に属する。仕事内容は過酷《かこく》で休みが少ない上に、賃金も安い。住居として割り当てられる部屋は他のメイドたちと一緒の大部屋。そのためキラキラした貴族の世界に憧《あこが》れ、あわよくば玉《たま》の輿《こし》に……と夢を見て応募した娘たちには、長く続けられない仕事だった。

……絶対にレヴェリッジさんは面接をした時点で、私の採用を決めていたと思う。

だってこの城のスカラリーメイドって、私しかいないじゃないの!!

それにしても、ここまで人気がないのは異常だ。

スカラリーメイドは確かに過酷な仕事だが、厨房《キッチン》の残り物や形が少し崩れただけの失敗作をもらえることがある。そのため食いしん坊には魅力的な職なのだ。

なのに、一人しかいないなんて……と初めこそ不思議に思ったが、その理由はすぐに判明した。

――間違いなくシェフが原因だ。

厨房の頂点に君臨するシェフ――サハル・ジア・ラシードは、ひどく気難しい男性だった。

褐色《かっしょく》の肌に黒い髪を持ち、一目で異国出身だとわかる彼は、かなりの美丈夫《びじょうふ》だ。だが、薄い金茶色の瞳をいつも不機嫌そうに細め、眉間《みけん》にしわを寄せている。

私と同じ大部屋で暮らすハウスメイドのアンバーに話を聞くと、歴代のスカラリーメイドの多くは、彼の怒鳴り声に耐えきれずに逃げ出したのだという。

しかし、私はシェフの怒鳴り声など気にならない。

だってどれほど怒鳴られようが、絶対に暴力を振るわれることはないからだ。

——使用人同士の揉め事《トラブル》はご法度《はっと》。

これはこの城で働き始めた日に、レヴェリッジさんから言われた約束事の一つ。

トラブルの中には『金銭の貸し借り』『暴力』『男女関係』『賭博《とばく》』なども含まれている。

そのため飛んでくるのは怒号だけ。鍋すら飛んできたことはないのだ。なんて素晴らしい！

だって魔王城では、殴られる、蹴られる、踏まれる、鞭《むち》で打たれるは当たり前。ときには真新しい傷口に塩を塗られるなんてこともあったのだから。

「……人の世にも天国ってあったのね」

うっとりと微笑みながら零《こぼ》した本音を、近くで仕事をしていたキッチンメイドに聞かれてしまった。彼女は私を変なものを見るように見つめたあと、そそくさと立ち去る。

……ドMとでも思われてしまったかしら？

だが私はそれを特に気にすることもなく、焦げついた鍋を磨《みが》き始めた。

こうして汚れた食器を洗い、生ゴミを捨てる。毎日がこれの繰り返しだ。

一見簡単そうに思えるかもしれないが、そうでもない。

朝は四時に起きてオーブンに火を入れておかねばならないし、一日の終わりに行う厨房の床掃除も私の仕事なので、部屋に戻れるのは深夜。そりゃ若さと体力が必要とされるわけだ。

それに加えて、料理に使うお肉の下準備を任されることもある。そう、つまり動物を……。これは他の女性たちは嫌がってやらない。

でも私は平気だった。

だってこれまで転生を繰り返してきた中で、猟師になったことも狩人《かりゅうど》になったこともあるのだから。今更この程度でビクつくなんて、ありえない。

そういえば、先ほど逃げて行ったキッチンメイドには、鶏の羽根を黙々と毟《むし》っているところを気味悪そうに見られたこともある。

ふわふわな手触りが意外と癖《くせ》になるのに……。もちろん心の中では『美味《おい》しくいただきます。ありがとうございます』と手を合わせているけれど。

というわけで、並の女性には耐えられないスカラリーメイド生活を心から楽しんでいる私だが、たった不満が一つある。

鍋を洗っていた手を止めて、海綿《スポンジ》を握り潰す。すると濁《にご》った水がしみ出てきて、腕を伝った。

そう、まったく泡立たないのだ！

私は目の前にある、鉄製の大きな缶を睨《にら》みつけた。その缶の中には灰がたっぷりと入れられていて、これに水を入れて洗剤として使うのだ。

――このしがない灰汁《あく》めっ！

といっても、私が長い転生生活でモコモコの泡を体験したのは、たった二度しかない。

侯爵令嬢だったときと、日本という国に転生したときだ。特に日本の石鹸や洗剤は素晴らしい泡立ちだった！

石鹸と一口で言っても、液体に粉末に固形と、用途に応じてたくさんの種類があった。そして今の私が欲している食器用洗剤は、油汚れに強かったのだ。

もちろん灰汁でも汚れはそれなりに落ちるのだが、油汚れに弱く、完全には落ちない。

……薄汚れたため水を見て、その色と臭《にお》いにげんなりする。

そのとき私は、雷に打たれたように閃《ひらめ》いた。

「……これは、やるしかないでしょ！」

誰に聞かせるでもなく、一人こぶしを握って決意を口にした。と同時に、シェフの怒鳴り声が厨房《キッチン》に響き渡る。

「アリーシア！　ぼさっとしてんじゃねえ！　手を動かせ！　鍋が足りねえ、早く持ってこい！」

私は慌てて薄茶色の液体に手を突っ込み、洗い物を再開したのだった。

3　運命の再会は月夜の晩に

深夜、城内の外れにある湖に浮かんでいるのは、幽霊でも死体でもない。……私だ。

水面に仰向《あおむ》けに浮かんだまま、月を見上げて呟く。

「香りづけには何を使おうかしら？」

あの日以来、私は食器を洗うための液体石鹸を作ろうと考えていた。

この世界にも固形石鹸はすでに存在している。高級品のため市井《しせい》には出回っていないが、ここのランドリーメイドたちも細かく砕いて洗濯に使っていると言っていた。領主さまの服などを洗うためだろうか。厨房では使わせてもらえないのにズルい。

少しでいいから分けてくれないかと頼んでみたのだが、レヴェリッジさんが数の管理をしているらしく、無理だと断られてしまった。

だが石鹸を作るための材料が存在しているならば、私にだって作れるはずだ。

「固形石鹸なら、一度作ったことがあるのよね。あのとき使ったのは、オリーブオイルだったかしら？」

日本の女子高生だったとき、文化祭で手作り石鹸を作った。全校生徒の投票で優秀賞をもらったし、なかなかの出来だったと思う。

きっと記憶を掘り起こせば、作り方を思い出せるだろう。

とはいえ、私には自由時間などほとんどない。このように湖で水浴びできるのも二日に一度だ。

ちなみに、なぜこんなことをしているかと言うと、下級使用人にはお風呂なんて贅沢《ぜいたく》なものは使えないからである。濡らした布で身体を拭《ふ》くか、こうして外にある湖で水浴びをするかだ。

けれど木こりとして山奥で暮らしていたときは、お風呂はもちろん近くに湖すらなくて、あるのは足首までの深さの川だけだった。そこに寝転ぶようにして水浴びをしていたことに比べれば、天国である。

だって泳げるんだもの。

私は一度頭までもぐると、顔だけを水面から出し、平泳ぎで岸辺に向かう。

あのとき香りづけに使ったのは、確かエッセンシャルオイルだったはず……ラベンダーとかの……

ラベンダーはなくても似たようなハーブなら、庭を探せば見つかるかもしれない。

庭かあ……ハーブもだけど、ユリウスさんも探さなきゃなあ……

面接の日に、多大な迷惑をかけてしまった庭師の男性。

私は働き始めてすぐに彼を探したのだが、未だに見つからないのだ。

まさか辞めたんじゃないよね？

以前、不安になってアンバーに尋ねてみたら、『そんな人は知らない』と言われた。

まあ、これだけ広い城だ。私だってレヴェリッジさんとユリウスさん、それに厨房《キッチン》で働いている人たちと、同室で暮らすアンバーたちしか知らないのだから、彼女が知らなくとも無理はない。

ちょうどいい機会だし、庭でハーブを探しながら、ユリウスさんのことも探してみよう。

ハーブの他に、オレンジの皮を細かく切ったのも試そうかな。油汚れにはオレンジが効くって聞いたことあるし。

そんなことを考えつつ、岸辺に着いた私は真っ裸で湖から上がり、近くに置いていたタオルを手に取る。

「オレンジの皮が欲しいなあ……」

髪の毛の水気を絞りながらそう呟いたとき、近くの茂みから誰かが噴き出す音が聞こえた。

「……誰かいるんですか？」

そう尋ねたが、誰も出てくる気配はない。人の裸をただで見ようだなんて、図々《ずうずう》しいにもほどがある！

痺《しび》れを切らした私は、真っ裸のまま茂みへ向かってズンズン歩いていく。

「わっ……」

「マジか……何て奴だ」

「ユリウス、さん……」

茂みから観念したように出てきたのは、シェフと――なんとユリウスさんだった！

彼と妙な形で再会することになってしまい、私は困惑する。

「オレンジの皮が欲しいだなんて……君はやっぱり変わってるね」

ユリウスさんはまったく悪びれることなく、それどころか、むしろ楽しそうに私を見ている。

「そっ、それは、ちゃんと目的があっ――」

「おい！　話し込む前に服を着ろ！」

そう言って私たちの会話を遮《さえぎ》ったのはシェフだ。

「……すみません。お見苦しいところをお見せしました」

指摘されてようやく自分が裸であることを思い出した私は、身体をタオルでよく拭《ふ》いたあと、持ってきていた夜着を身につける。

普通の女性ならば、可愛らしい悲鳴の一つでもあげて恥じらうところだろうが、私は平気だった。

何しろ魔王城時代は真っ裸に首輪と足枷《あしかせ》だけをつけられていたのだ。そんな生活を長くしていたのだから、もう今更という感じである。慣れとは恐ろしい……カムバック羞恥心《しゅうちしん》。

私が着替えている間、覗《のぞ》き魔たちはこちらに背を向け、何やら話をしていた。

「サハルの言っていたタフなスカラリーメイドというのが、まさか彼女のことだとはね……でも、まあ納得かな？」

「俺としては、ユリウスとアリーシアが知り合いだったことに驚いたがな……どこで出会ったんだ？」

「庭だよ」

「庭？　ふうん……」

砕けた口調からして、仲が良いのだろう。タイプは違えどイケメン同士、目の保養である。

「すみません、お待たせしました」

着替えが終わったので声をかけると、二人はゆっくりこちらを向いた。どうやら一応気を遣ってくれていたらしい。

「……よくもまあ、あそこまで堂々としていられたものだな。お前に恥じらいというものはないのか？」

シェフが呆れたように言った。

まさか転生のことは言えないため、私は笑って誤魔化《ごまか》す。そしてユリウスさんに話しかけた。

「お久しぶりです、ユリウスさん……」

彼には変なところばかり見られてしまっている。このままでは奇人と思われそうだ。

「おめでとう、無事採用されたんだね」

「ありがとうございます。あのときは満足にお礼もできず、申し訳ありませんでした。お怪我は大丈夫でしたか？」

私はユリウスさんの腕を見たが、服の上からではわからなかった。

「気にしなくていいよ。あんなの怪我のうちに入らないし、面白いものを見せてもらったしね」

「面白いものですか？」

そんなことあっただろうか？　考えてみたが、何も思い当たらない。

「なかなかいないだろう？　ラズベリーの茂みに自分の全財産を隠しておく子なんて」

確かに、あれは少々無茶だったかもしれない。

でもあのときは最善の選択だと思っていたし、後悔もしていない。

「おかげでこうして面接に受かり、ユリウスさんとも知り合えたんだから、私は満足していますけどね」

もちろん彼の怪我のことを除けば、だが。

「君があそこにカバンを隠してなかったら、きっと知り合えていなかっただろうしね」

ユリウスさんは、そう言ってにっこりと微笑んでくれた。怪我をさせられたことを恨んではいないらしいとわかり、ほっとする。

ほのぼのとした空気の中、ずっと黙っていたシェフが口を開いた。

「……なるほどな、ユリウスが言っていた変わり者っていうのは、こいつのことだったのか」

やはりユリウスさんに、私は変人と思われていたようだ。ショックだけど、仕方ないか……

「私もシェフとユリウスさんがお知り合いだったなんて驚きです。シェフも庭の花を見に行ったりするんですか？」

いつも忙しそうに料理を作っているシェフに、そんな時間があるのだろうか。

「花？」

怪訝《けげん》な顔で聞き返すシェフを見て、ユリウスさんが小さく咳払《せきばら》いする。

「ところで、アリーシアはここで何を？」

「私は水浴びですが、お二人は？」

上級使用人であるシェフは城内のシャワールームを使えるし、土いじりをする庭師も庭の外れにある専用のシャワーブースを使える。

その二人が、わざわざ湖に来て水浴びをするわけがないし……そこで、ハッと思い当たる。

深夜、湖のほとりで隠れるようにしていた二人……まさか……

「デート!?　道ならぬ恋!?」

思わず口から出た言葉に、二人はすぐさま反応する。

「違う！」

「気持ち悪いこと言わないでくれるかな？」

私を見下ろす二人の目が怖い。

「す、すみません」

しょんぼりと肩を落とす私に、シェフは呆れ顔をした。

「まったく、お前という奴は……」

「でも、こんな子だからこそ、サハルに怒鳴られても続けられるんだろうね」

ユリウスさんが良いことを言ってくれた。

そうですとも！

私はうんうんと頷く。

シェフは大きなため息を吐《つ》いたあと、苦笑する。

「まあ、実際そうなんだろうな……俺がここで働くようになってから五年経つが、二ヶ月持った者はいなかった……お前は、今日で三ヶ月目だ」

「そうなんですか？　記録更新ですね」

もしかしたら、これまでのスカラリーメイドが続かなかったことを、シェフなりに気にしていたのかもしれない。

「私はどんなに怒鳴られても辞めませんので、心配しなくても大丈夫ですよ」

つい言ってしまってから、余計なことだったかな？　と反省する。

いけない、いけない。ついポロッと言ってしまったわ。

口は災《わざわ》いの元である。これまで何度、痛い目に遭ってきたことか……

以前、昔の私のような性悪《しょうわる》貴族のメイドとして働いていたとき、迂闊《うかつ》な発言をしたせいで熱い紅茶をかけられたことがある。そのとき火傷《やけど》を冷やしながら、固く誓ったのだ。もう二度と余計なことは口走るまいと。

この平和な世界で暮らすうちに、それを忘れていたなんて……私の頭は鶏並みね。

それに加え、シェフは仕事場《キッチン》を離れると、険が取れて頼りになるお兄さんといった感じになるため、私は気が緩《ゆる》んでいたのだろう。

「……そう言ってくれるとありがたいな。ところで、オレンジの皮なんて何に使うんだ？」

シェフは感謝の言葉を口にしたあと、照れ臭さを誤魔化《ごまか》すように、表情を引き締めて尋ねてくる。

そのとき、城の方から人の声が聞こえた。はっきりとは聞き取れないが、誰かを探しているらしい。ユリウスさんは大きなため息を一つ吐くと、残念そうに肩を竦《すく》めた。

「もう少しアリーシアと話していたかったけど、どうやら時間切れみたいだ」

「あの声はユリウスさんを探しているんですか？」

「ああ。どうやら仕事をサボっていたのがバレてしまったみたいだね」

「サ、サボって？」

「大人しく戻ることにするよ。アリーシア、またね」

「は、はい！」

再会を約束する別れの言葉が、なんだかとても嬉しかった。

立ち去ろうとしたユリウスさんは、急に何かを思い出したように立ち止まり、シェフに向かって言う。

「そうだサハル。彼女《レディ》を頼んだよ？」

レディ？　……って、まさか私のことじゃないよね？

レディとは高貴な女性を指す言葉であって、決して私のような使用人には使わないはずだ。……ではユリウスさんの言ったレディとは、誰のことだろう？

「……ああ。任せろ」

シェフは低い声で返事をしただけで、私に説明をしてくれる気はなさそうだった。

ユリウスさんが茂みの中に消えると、シェフは私に向き直る。

「で？　オレンジの使用目的は？」

「実は、食器を洗うための液体石鹸を作ろうと思いまして……オレンジの皮は、その香りづけに使おうかと考えています。オレンジは油汚れにも強いですし、万が一食器に香りが残ったとしても、さほど不快ではないでしょうし」

シェフは私の話を興味深そうに聞いたあと、ゆっくり頷いた。

「なるほどな。だが、どうしてまたそんなものを作ろうなどと考えたんだ？」

「毎日毎日、あの薄茶色をした変な臭《にお》いの液体で食器を洗っていたら、いい加減嫌になりますよ」

するとシェフは、声を上げて笑い出した。

「お前は本当に変わっている。俺の怒声よりも、灰汁《あく》にうんざりするとはな」

お腹を抱えて楽しげに笑っているシェフを見て、私は首を傾げた。

ひとしきり笑ったあと、シェフは目じりに浮かんだ涙を指で拭《ぬぐ》いながら言う。

「わかった。お前には調達できない材料が他にもあるだろうから、協力してやる。……まずはオレンジだったな？　皮だけでいいのか？」

彼が協力してくれる理由はわからないが、このチャンスを逃《のが》す手はない。私は慌てて頷いた。

「ありがとうございます！　皮だけで十分です。できればこれから毎日、その日に使った分を全部くださいませんか？」

「構わない。他には何が必要なんだ？」

急いで材料を思い出す。石鹸を作るときに使ったものは、確か――

「精製水に無水エタノール、あと水酸化カリウムに、ココナッツオイルとオリーブオイル――」

「待て待て待て‼」

シェフは私の言葉を焦ったように遮《さえぎ》った。何やら額《ひたい》に手を当てて困り果てた様子である。

「何だ、その呪文は……」

「え？　用意していただきたい材料ですが」

「……俺はシェフだぞ？　ココナッツオイルとオリーブオイルはわかるが、他のはさっぱりだ」

そう言いながら首を横に振るシェフ。

この世界には、無水エタノールや水酸化カリウムはないのだろうか。でも石鹸が作られているということは、同じようなものはあるはずだ。何より私がそれらの名前をこの国の言葉で言えているのだから、きっと存在すると思う。

「薬師《くすし》か、石鹸をここに卸《おろ》している商人に、そのままお伝えいただけませんか？」

もし彼らにも意味が通じなかった場合は、違う方法を考えればいい。

「……オレンジの皮やオイル類ならタダでやれるが、それ以外は金がかかるぞ？」

心配そうに見つめてくるシェフに、私は大きく頷いてみせた。

「もちろんです！　お給金から払いますので大丈夫です」

そこまでシェフに甘えようとはさすがに考えていない。

私はここで働き始めてからもらった給料を一度も使ったことがないし、家族が持たせてくれたお金もまだある。石鹸自体は高価でも、材料を買うだけならおそらく足りると思う。

私の迷いのない返事を聞いたシェフは、腰に手を当ててしばらく考えたあと、頭を掻《か》きながら言う。

「そうか。それなら手配してやるが……そのわけのわからん言葉は覚えられないから、お前が紙に書いて……って、字は書けるか？」

「はい。では書いたメモを明日お渡ししますね」

「ああ。それと、オレンジは次の晩餐会《ばんさんかい》のとき大量に使う予定があるから、そのあとに渡すのでもいいか？」

「大丈夫です、ありがとうございます！」

思いがけず順調に進み始めた計画に、私はニコニコしながら深くお辞儀する。

「早く部屋へ戻って寝ろ。明日、寝坊でもしやがったら、この話はなしだからな！」

「はい！　……って、シェフはお戻りにならないんですか？」

さっきは変な妄想をしちゃったけど、実際のところ、二人はここに何をしに来たんだろう？

そう思って何気なく尋ねたのだが、シェフはなぜかギクリとした顔をする。

同時に少し離れた草むらから、「にゃーん」という可愛らしい猫の鳴き声がした。

反射的にそちらを向くと、白い猫が草の間を縫《ぬ》うように歩いてくるのが見える。そして迷わずシェフに近づき、彼の脚に身体をこすりつけ始めた。

その途端、シェフの褐色《かっしょく》の肌が、夜目にもわかるほど真っ赤になる。

――あ、これ見たら駄目なやつだ。

瞬時に判断した私は、ワザとらしく欠伸《あくび》をした。

「ふあああ、もう眠いので先に戻りますね。失礼します」

そう言うなり返事も待たず、そそくさとその場を後にする。

あの猫の懐《なつ》きっぷりを見るに、かなり前から餌付《えづ》けをしているのだろう。

「なるほど、あの白猫が彼女《レディ》ね……わざわざ深夜に餌《えさ》をやりに来てるなんて、シェフって実は優しい人なのかも。私の石鹸作りも手伝ってくれるっていうし」

月明かりの下を歩きながら、一人呟くのだった。

◇　◇　◇

数日後、業者から無事に届けられた材料をシェフから受け取った。それと引き換えに私のお給金の大半が消えたが、他に使うあてもないので構わない。

ちなみに例の晩餐会《ばんさんかい》は二十日後なので、オレンジはまだもらえない。その日はきっとたくさんの洗い物が出るだろうから、できればそれまでに試作品の一つでも作っておこう。

そう考えた私は、シェフに今日の掃除が終わったあと、厨房《キッチン》を使わせてほしいと頼んでおいた。夜、人気《ひとけ》のなくなった厨房の床にしゃがみ込み、手にしているブラシで床をゴシゴシと磨《みが》く。このあとは汲《く》んできた水で床を洗い流すだけだ。

やがて掃除を終えた私は綺麗になった厨房の床を見て、うっすらと笑う。いずれはここも石鹸の白い泡でピカピカにしてみせよう！

「さてと……早速作ってみましょうか」

そう言って、戸棚にしまっておいた紙袋をごそごそと取り出した。

紙袋の中身は茶色の小瓶に入った水酸化カリウム。それに大瓶に入った無水エタノールと精製水。シェフから分けてもらったオイル類もある。

オイルが入った瓶の蓋《ふた》を開けると、南国を連想させるココナッツの甘い香りが漂《ただよ》う。その濃厚な匂いに満足しつつ、私は壁と戸棚の隙間《すきま》に隠していた一冊のノートを取り出した。石鹸の作り方を記《しる》しておいたものだ。数日かかってどうにか思い出したのだが、まあ大丈夫だろう。

前世の記憶は、古いものになるほど思い出しにくい。前回の人生の記憶なら、魔王さまの眉間《みけん》のしわまではっきり覚えているというのに。……未だに夢に見るので、早く忘れたいものだ。

とはいえ、どれほど古い記憶であっても完全に忘れることはなく、時間をかければ思い出せる。

私ほど転生を繰り返していれば、その知識や経験は膨大な数にのぼる。むしろ未経験のことや知らないものを探す方が難しいだろう。

このノートには石鹸の作り方の他にも、ここ数日の間に思い出した、いくつかの知識をメモしてある。

そのうち時間が取れたら、色々作ってみよう。

「えっと、なになに？　……ふんふん、なるほど。あー、思い出してきたかも……」

なんて独《ひと》り言を呟きながら、シェフから借りたガラス製やホーロー製の調理器具を並べていく。

「まずは計量からね」

オイルに精製水、それに無水エタノールを手際よく量っていく。そして水酸化カリウムの瓶に手を伸ばしかけて、ふとその手を止めた。

「これって確か劇薬《げきやく》よね？　さすがにこのままじゃ無防備すぎるかしら……」

そう言いながら辺りを見回すと、棚に黒い布が置かれている。誰かの忘れ物だろうか。手に取って広げてみたら、顔を覆《おお》うのにちょうどいい大きさだった。

「なんだろこれ……？　ま、いっか。これで鼻と口を覆《おお》って、っと」

三角形に折った黒い布で鼻と口を覆い、頭の後ろでぎゅっと結ぶ。手袋も欲しいところだが、そんなに色々と都合よくありはしない。

鍋つかみならあるが、指の自由度が低いせいで失敗しそうなので、使うのはやめておいた。

「じゃ、やりますか。そーっと、そー……っと」

気合を入れつつ、水酸化カリウムの瓶を手に取る。白い結晶を慎重に量り終えたところで、ほっと安堵の息を吐《は》き出した。

「次は、この水酸化カリウムと精製水を混ぜる……って、臭《くさ》っ!!」

水酸化カリウムの水溶液が放つ刺激臭に、思わず顔を歪める。鼻を覆っていてもこの臭さだ。明日までに臭《にお》いがとれるか少し心配になった。

しかし、ここで中断するわけにはいかない。今度はオイルを湯せんで温める。厨房《キッチン》の温度計を使い、適温になるまでゆっくり温めたあと、先ほど作った水酸化カリウム水溶液を加えてかき混ぜる。そして更に少し温度を上げたところで、無水エタノールを加えた。

「お！　あわあわだ……」

表面にシュワシュワと白い泡が立ち始める。様子を見ながら混ぜ合わせていると、底からブクブクと泡が出てきた。そこで私はかき混ぜる手を止め、泡が収まってからもう一度混ぜる。

それを何度も繰り返していると、やがてもったりしてきた。

こうなれば、あとはひたすら混ぜるのみ！

やがて腕が疲れてきた頃、ようやく完全なペースト状になった。

「……良かった。上手くいったみたいね」

かき混ぜる手を止め、顔を覆っていた布をずり下げる。

そして密閉できるガラス瓶に、できあがったペーストを移してきゅっと蓋《ふた》を閉めた。

「これでよしっと！　あとは少しの間このまま寝かせてから、水に溶かして使うだけ！　楽しみ！」

ご機嫌で後片付けをし、借りた布も元通りにたたんで棚に置く。本当は洗った方が良いと思うが、朝までに乾かないだろうから仕方ない。

余った材料は、また石鹸を作るのに使ってもいいし、何か違うものを作るのに使ってもいい。

とにかく私は、石鹸の素《もと》とも言えるものを作ることができ、大満足で厨房を後にした。


だがその翌日、ちょっとした騒ぎになった。

私がマスク代わりにした黒い布。あれはどうやらシェフが仕事中に首に巻いているスカーフだったらしい。

何も知らないシェフは、いつものようにそれを巻いたのだが……

「くせえっ！　なんだこの臭い？　おい、誰かこれを雑巾代わりに使ったんじゃないだろうな！」

そう言って顔を歪めながら、スカーフの端を汚いものでも触るかのように、二本の指でつまんでいる。

皆が知らないと言わんばかりに首を横に振る中、私は無表情をキープして事なきを得た。

本当なら、すぐにでも液体石鹸を作って使いたかった。だがこの臭《にお》い騒動があったため、石鹸の素《もと》はもうしばらく寝かせておくことにした。

◇　◇　◇

石鹸の素を寝かせている間に、私はオレンジ以外の香料――ハーブを手に入れようと考えた。

仕事が少し落ち着いた夕方、外へゴミ捨てに出たついでに探してみる。

「これは……違う。これも違う。これは……うーん、違うなあ」

ハーブは意外とその辺に生えていたりするから、すぐに見つかるだろうと高をくっていた。だが庭師が植えたもの以外は、ペンペン草一本ありゃしない。

「ないなあ……庭師の仕事ぶりを甘く見てたわ。昼でも見つけられないとすると、暗い夜はますます無理ね」

私がハーブを探せるのは今みたいな夕方か、夜の限られた時間のみなのだ。遠出するわけにもいかないから、どうしても城内で見つけなければならない。

ため息を吐《つ》きながら、下を向いて歩く。すると何か硬いものにぶつかってしまった。

「痛《い》ったあ……」

ぶつけたおでこをさすりながら正面を向くと、目の前に人の身体があった。

私は慌ててその人の顔を見上げる。

「すみません！　少し考え事をしていて……あっ！　あなたは――」

「すまない、こちらこそ気が付かなかったよ」

そう言ってにっこりと笑ったのは、ユリウスさんだった。

彼は前回と同じ白いシャツに黒いパンツというラフな格好で、右手にはハサミを持っている。目の前には綺麗な花壇があるので、きっとここで花の手入れでもしていたに違いない。

「湖でお会いして以来ですね……あのときは見苦しいものをお見せしました」

「いや、見苦しいなんてとんでもない。水の妖精《ウンディーネ》かと思ったよ……って冗談。正視してないから安心して」

ユリウスさんが照れくさそうに言ったので、何だか私も恥ずかしくなってしまい、思わず俯《うつむ》く。

人に裸を見られても、何ともなかったはずなのに……なんでだろう。ユリウスさんに見られたと思うと、今更だけどすごく恥ずかしい……

そっとユリウスさんを見上げると、赤い癖毛《くせげ》が夕陽で更に赤く染まっていた。これなら私の頬の赤さも目立たないことだろう。そう考え、気を取り直して言う。

「真っ赤ですね……すごく綺麗」

「ん？　あ、この花かい？　綺麗だろう？　香りも良いんだよ」

ユリウスさんは嬉しそうな笑みを浮かべ、目の前で咲き誇る大輪の花を、我が子のように自慢する。

「その花もですが、ユリウスさんの髪もです」

「ああ、そう言われればそうだね」

花とは違い、自分の容姿には無頓着《むとんちゃく》なのだろう。彼は少し土で汚れた指で自分の髪をチョイチョイ触ったあと、私にウインクしてみせる。……かなり色っぽい。

その色気にドキドキしながらも、なんとか当初の目的を思い出すことができた。

「あの、ところでこの辺に自生してるハーブってありませんか？」

庭師なら、きっと誰よりもこの庭に詳しいはず。そう思って尋ねてみた。

「ハーブ？　……どうだったかな。あ、そうだ。確かこっちに……」

ユリウスさんは少し歩いてから、私を振り返って手招きする。

そのまま彼について歩くこと数分、緑の絨毯《じゅうたん》が一面に広がっている場所にやってきた。

「これはどうだい？」

ユリウスさんが地面に生えている草を一本摘《つ》んで、見せてくる。

その形状から大体の予想はついたものの、試しに爪で葉に傷をつけて鼻を近づけた。すると予想通り、爽《さわ》やかな香りが鼻腔《びこう》いっぱいに広がる。

「ミントですね」

「正解。植えたわけでもないのに突然生えてきちゃって、気が付いたときにはこんな状態さ……好きなだけ使ってかまわないよ」

「ありがとうございます！」

前回に続き、またまた私を助けてくれるなんて、天使みたいな人だ。これだけの量があるなら、ミントティーやポプリも作れるだろう。

私がぺこりと頭を下げると、ユリウスさんは手を上げて立ち去ろうとした。

だが、ふと途中で足を止め、こちらを振り向いてニヤリと笑う。

「仕事をサボるのはほどほどにね」

その言葉にハッとする。ゴミ捨てに出てから、かれこれ一時間は経っているかもしれない。

私は慌ててしゃがみ込み、両手でミントを毟《むし》り取る。そして頭に角を生やしているであろうシェフが待つ厨房《キッチン》へ、急いで戻るのだった。


その五日後の深夜、私は満を持してガラス瓶の蓋《ふた》を開けた。

「愛《いと》しの石鹸ちゃーん！　こんにちはー」

石鹸の素《もと》を木べらで大さじ一杯分ほど削り取って手近な瓶に入れ、水をその三倍程度注ぐ。更に香りづけとして、ミントを煮詰めて漉《こ》した汁を入れてみた。

「あとは、溶けたらできあっがりー！　明日の朝にはできてるかなー？」

ガラス瓶を戸棚にしまって部屋に戻り、私は眠りについた。

翌朝、石鹸の素は綺麗に溶けていた。少しくすんだグリーンの液を見た私は、思わず歓声を上げた。

「やった！」

しかし、今は朝の四時。誰よりも早起きした私の声を聞く者は、誰もいなかった。

できあがった液体石鹸を自分の定位置であるシンクの前に置いたあと、私は厨房の準備に取り掛かった。

「うわあー、最高！」

朝ご飯の支度《したく》で早速出た汚れ物を洗いながら、一人満足する。泡立ちも香りも、今のところ文句

なしだ。灰汁《あく》で洗うより、断然楽しい。

キッチンメイドが泡まみれになっている私の手元を見てぎょっとしたものの、関わりたくないとばかりにすぐ目を逸《そ》らした。

「アリーシア！　これ全部――っ!?」

シェフが怒鳴りかけたが、その言葉が途切れる。

驚いたように片眉を上げたシェフだが、すぐにニヤリとしながら近づいてきた。

「すごいな……なんだこの泡。お前が作るって言ってたのは、これか？」

「はい。まだ試作段階ですけど、結構満足のいくものが作れました」

「へえ。まさにスカラリーメイドにうってつけの才能だな」

褒められたのか貶《けな》されたのか判断しづらい微妙な言葉だったが、とりあえず笑っておく。

「汚れもよく落ちそうだな……よしっ！　どんどん洗え！」

「いくらでも任せてください！」

そう自信満々に返事をすると、すさまじい量の洗い物が追加され、私は調子に乗ったことを少し後悔したのだった。

4　窃盗《せっとう》の容疑

「……だるい」

ある朝、目を覚ました私はベッドの上で呟いた。

この数ヶ月間、調子よく働いてきたが、初めて熱を出してしまった。

スカラリーメイドの過酷な仕事を一人でこなしていた上、睡眠時間を削って石鹸の素《もと》を作っていたせいで限界が来たようだ。

「前はもっと劣悪な環境でも、平気だったのに……」

ベッドの縁《ふち》に腰掛け、熱でぼーっとする頭で考える。もちろん前というのは、言わずもがな、奴隷時代のことだ。

「食器、割らないように気を付けなくちゃ……」

ひとまず仕事に行こうと、ふらつく足でベッドから起き上がった。

「……アリーシア、あなた大丈夫？　顔が赤いわよ？」

ハウスメイドのアンバーが、心配そうに声をかけてきた。どうやら起こしてしまったらしい。

「平気。起こしてごめん」

私はそう言いながら胸元のリボンを解《ほど》いて、寝巻きを脱ごうと試《こころ》みる。

ノロノロと脱ぐ様子を見かねたアンバーが、ベッドを抜け出し私の額《ひたい》に触った。

アンバーの手、冷たくて気持ちいい。

「ちょっと!!　どこが平気なのよ！　すごく熱いじゃない！」

「うん、少し体調悪いみたい」

「そんな他人事のように言わないで！　多分、四十度近いわよ。今日は休みなさい」

アンバーはそう言ってくれたが、スカラリーメイドは私しかいないのだ。休めば厨房《キッチン》の仕事に支障が出る。

それに熱くらいで休んでもいいのだろうか？　少なくとも魔王城では駄目だった。そんなことを言おうものなら、『この虫ケラが！　怠《なま》けるな！』という怒声と鞭《むち》が飛んできたものだ。

「私が休んだら洗い場が回らないし――」

「大丈夫。私が代わりにやってあげるから。ハウスメイドは他にもたくさんいるしね」

「でも……」

ハウスメイドはその名が示すように、邸宅内の雑用を全て引き受ける。一見仕事量も多そうだが、スカラリーメイドよりは断然マシなのだ。

アンバーは、厨房の仕事に耐えられるだろうか？　そんな不安が脳裏を過《よぎ》ったが、熱のせいか考えが纏《まと》まらない。

「大丈夫。私もスカラリーメイドの経験はあるのよ。上には私から言っておくから、悩むくらいならさっさと寝て治しなさい！　わかった？」

「……ありがとう」

私の言葉に頷いたアンバーは、ハッとしたように時間を確認する。そしてさっさと着替え、「ちゃんと寝てなさいよ！」と言い残して部屋を飛び出していった。本当ならまだ寝ていられる時間だろうに、申し訳ない気持ちでいっぱいになる。

やがて起きてきた他の子たちも、私に「お大事にね」などと言い、各々《おのおの》の持ち場へと向かう。

いつもは狭く感じる五人部屋が、妙に広く感じた。

「……寝よ」

一人きりになって寂しいと感じてしまうのも、きっと熱があるせいだろう。私は孤独には慣れているはずなのだから……

そう思いながら、そっとベッドにもぐり込むのだった。


やがて私は目を覚ました。どうやらかなり長いこと眠っていたらしい、幾分かスッキリした感じもするが、まだ熱はあるようだ。

とはいえ眠気はないので、暇つぶしに天井のシミを数えることにした。

十六個目のシミを見つけた頃、廊下を走る靴音が近づいてきて、部屋のドアが勢いよく開かれた。

「アリーシア！　ごめんね、起きてる？　あなた、盗みの疑いを掛けられてるわよ！」

息を切らしながら部屋に飛び込んできたのは、アンバーだった。

「え？　盗み？」

まったく意味がわからず、戸惑いつつも起き上がる。まだ頭がくらくらするが、寝たまま話す内容ではなさそうだ。

アンバーがベッドの端に腰掛け、早口で捲《まく》し立てる。

「あなたが石鹸を盗んだんじゃないかって話が持ち上がってるの」

「……石鹸を？　私が？　まさか！」

私は驚いて否定した。

「シェフが『違う』って言っていたけど、噂《うわさ》の勢いは止められなくて、執事のレヴェリッジさんの耳にまで入ったみたい……って、私が悪いの！　本当にごめんなさい！」

説明していたアンバーが、急に頭を下げた。

「アンバーが？　どうして？」

「えっと、洗い物に使う液体？　でいいのかしら――」

「ああ、あれ？　液体石鹸だけど、あれがどうかしたの？」

「あんなにいい香りがして、しかも面白いくらい泡立つなんて思ってもみなかったわ。厨房《キッチン》の皆は知らん顔だけど、あれってすごいじゃない！　だから昼休みについ、ハウスメイドの皆に自慢しちゃって……」

なるほど、それで噂が広まったというわけか。

「気にしないで。大丈夫、あれは盗んだものなんかじゃないから」

「それはわかってるわ！　シェフも違うって言ってたし、アリーシアはそんなことをする子じゃないって私たちは知ってる！　でも、それを知らない人たちは――」

アンバーの言葉の途中で、硬い男性の声が割って入った。

「そこまでにしてもらいましょうか。アンバー・ウェルズ」

声のした方を見ると、執事のレヴェリッジさんが厳しい表情で扉の前に立っていた。

アンバーがベッドから立ち上がり、一礼する。私も礼をしようと思い、ベッドから足を下ろしたところで、レヴェリッジさんに止められてしまった。

「あなたはそのままで結構」

「え？　あ、はい……」

私は迷ったものの、結局ベッドから出した足を再び布団の中に入れた。

「仲間を思う気持ちは素晴らしいと思いますが、まだ仕事中では？」

レヴェリッジさんはポケットから懐中時計《かいちゅう》を取り出し、蓋《ふた》を開けて時間を確認する。

そんな仕草も様《さま》になるなあと感心する私とは違い、アンバーは見る見る顔色を青くした。

彼女を一瞥《いちべつ》したレヴェリッジさんは、時計をポケットに戻しながら静かに言う。

「ただちに持ち場へ戻りなさい。そうすれば今回だけは目をつぶりましょう」

「はっ、はい！　ありがとうございます！　失礼します!!」

勢いよく返事をしたあと、アンバーは脱兎《だっと》のごとく駆けて行った。

その足音が聞こえなくなったところで、レヴェリッジさんがゆっくりと口を開く。

「……私がなぜここに来たのかわかりますか？」

熱で回らない頭でも、想像はついた。

「はい」

そう答えながら、クビになるのかなあ……とぼんやり考える。

「よろしい。では、その件について話を……と思っていたのですが、まだ体調が戻らないようですね。仕方ありません。話を聞くのはあなたの体調が回復してからにしましょう。……ですが、一つだけ聞かせてください」

私が黙って頷くと、レヴェリッジさんは淡々とした口調で尋ねてきた。

「あなたは石鹸を盗みましたか？」

「盗んでいません」

レヴェリッジさんの目を見て、はっきりと言う。彼のポーカーフェイスからは、何を考えているのかさっぱり読み取れなかった。

「わかりました、では失礼します。お大事に」

レヴェリッジさんはテールコートを優雅に翻《ひるがえ》し、部屋を後にした。

どうやら、また熱が上がってしまったようだ。私はそのまま枕に倒れ込むと、死んだように眠ったのだった。


幸い翌々日には熱が下がり、仕事に戻ることができた。

アンバーにこの二日間のお礼を言って、「何か私に手伝えることがあったら遠慮なく言ってね」

と念を押しておいた。借りはきちんと返さなければ。

いつも通り厨房《キッチン》の洗い場に向かっていた私は、途中ですれ違うメイドたちの様子がこれまでとは違うことに気が付く。

決して目を合わせてくれず、私が通り過ぎたあとは数人で固まってひそひそと話していた。

どうやら、私はまだ窃盗《せっとう》犯だと思われているらしい。まいったな……

それはキッチンメイドや料理人たちも同様だった。態度が変わらなかったのは、シェフと同室のメイドたちと、皮肉にもレヴェリッジさんだけだ。

しかし私は気にすることなく、窃盗疑惑の原因になった液体石鹸を使い、食器や鍋を洗っていく。

没収されなくてよかった、と思いながら無言で鍋をゴシゴシ磨《みが》いていると、背後から聞き慣れた声がした。

「アリーシア。お前、ちゃんとレヴェリッジに説明したのか？」

後ろを振り返ると、普段ならこの時間は大声で皆に指示を飛ばしたり、忙しく腕を振るっているはずのシェフが立っていた。

「いえ、その話は私の体調が回復してからと――」

その返事を、大音量で遮《さえぎ》られる。

「馬鹿野郎！　てめえがちゃんと疑惑を晴らさねえから、こんな空気になってるんじゃねえか！」

「すみません」

神妙な顔で謝ってみたものの、正直困った……。二人の上司から別々の指示を出された場合は、どうしたらいいのだろう。

執事のレヴェリッジさんは、全ての使用人の長だ。しかし厨房《キッチン》で働く私は、ほとんど会う機会がない。

一方、シェフのサハルさんは、厨房を統括している上級使用人だ。私は終日厨房で仕事をしているので、サハルさんとは常に顔を合わせている。また厨房は独立した部署と見なされ、たとえ執事と言えども容易に口を挟むことはできない。

……考えるまでもないだろう。

「わかりました。今すぐ行ってきます」

泡のついた手をエプロンで拭《ぬぐ》い、一歩踏み出したところで、襟首《えりくび》を掴まれた。

「待て。仕事を放棄してどこに行きやがるつもりだ？」

「レヴェリッジさんに、事の次第を説明しに――」

「馬鹿野郎！」

またまた怒鳴られた。

シェフのこめかみに浮かんだ青筋を見て、「どっちゃねーん」というツッコミを呑み込む。

「昨日の時点で説明しなかったなら、今だろうが明日だろうが一緒だ。もう噂《うわさ》は広がりきってるんだからよ！　ほれ、とっとと洗いやがれ！」

そう言って私を定位置――シンクの前に戻すシェフ。

「わかりました」

私は反論せず、素直に鍋を磨き始めた。

辺りは相変わらずシーンとしたままだ。皆、興味はあるのだろうが、関わりたくないとばかりに遠巻きにしている。

するとシェフが頭に巻いていたターバンを取り、不機嫌そうに頭をガシガシと掻《か》いてから怒鳴った。

「てめえらも、同じ厨房《キッチン》で働く仲間なら信じてやれ！　今まで不平不満を一つも言わずに働いてきたこいつが、盗みをするようなタマかよ！」

ちらりと周囲を窺うと、皆が困った顔をしていた。

「わかったな」

シェフはそう言って皆に念を押したあと、厨房の中央に位置する調理台へ戻って行く。

無言のまま四つ目の鍋を磨《みが》き始めた私の傍《そば》に、先ほどまであからさまに私を避けていたキッチンメイドがやってきた。

「……ごめんね」

「謝らないでください。気にしてませんから」

「そう……」

彼女は小さく返事をすると、そそくさと自分の持ち場に戻って行く。

たとえ上司に言われたからであっても、ちゃんと謝ってくれた。他の皆も悪い人ではない。

それに私は人からどう思われようが、あまり気にならないのだ。レヴェリッジさんの疑いさえ晴れたら、別にこのままでも構わないと思っていた。

夜の十時。私たちメイドが仕事を終えるにはまだ少し早い時間である。私だけでなく、厨房内には多くの人が残っていた。

そんな中、この場には不似合いな黒のテールコート姿の男性が姿を現す。そう、執事のレヴェリッジさんだ。

ざわつく厨房内に、神経質そうな声が響く。

「アリーシア・オルフェ。私について来なさい」

そう告げるなり、レヴェリッジさんは踵《きびす》を返して厨房から出て行った。

大きな城なので、早く追いかけないと見失ってしまうだろう。だが、まだ洗い終えていない食器が残っている。私はシンクを見たあと、シェフの顔を窺った。

シェフは舌打ちし、呆れたような声で私に言う。

「……馬鹿が！　早く行って、きっちり説明して来い！」

「は、はい！」

私は慌ててレヴェリッジさんの後を追ったのだった。

5　執事と領主とスカラリーメイド

　広くて迷路のように複雑な城内を進み、やがて普段は決して近づくことのない執事の私室にたどりついた。

　上級使用人は私たち下級使用人とは違い、個室を割り当てられている。特に執事ともなると、部屋はなかなかに立派なものだ。とはいえ使用人の部屋なので、決して華美ではないが。

「体調はもうよろしいようですね？」

　レヴェリッジさんにそう問われ、こくりと頷く。

「では、そこに座りなさい」

　言われた通り、執務机の向かいに置いてある椅子にそっと腰を下ろした。

　レヴェリッジさんが執務机に座ると、いかにも取り調べっぽい雰囲気になる。

「……先日も聞きましたが、もう一度聞きましょう。あなたは石鹸を盗みましたか？」

「いいえ」

　私はレヴェリッジさんの目を見つめたまま、きっぱりと答えた。

「それなら、あの石鹸はどこで手に入れたのですか？」

「あれは私が作ったものです」

別に隠しているわけではないので、下手な嘘はつかずに事実だけを述べた。

「……あなたが？」

「はい」

私の返事を聞いたレヴェリッジさんは、少し考え込むようにして眼鏡《めがね》を触る。

「では、作り方をここで言えますか？」

そう問われ、私はすぐさま頷いた。

「もちろんです」

そして、まずは材料から述べていく。

「今回は精製水、無水エタノール、水酸化カリウム、ココナッツオイル、オリーブオイル。あと、香りづけにミントを使いました。それらを――」

材料に続いて作業工程を、淀《よど》みなく話す。おそらくレヴェリッジさんは半分も理解していないだろうが、構うもんか。

私がようやく説明を終えたあと、レヴェリッジさんがゆっくりと口を開いた。

「もし、もう一度作れと言われたら、作れますか？」

当然だとばかりに頷いた私を見て、レヴェリッジさんがうっすら笑う。

「なるほど。あなたが作ったというのは信じましょう。しかし、材料はどうやって手に入れたのですか？」

「シェフにお願いして集めてもらいました」

するとレヴェリッジさんは、意外そうに眼を瞠《みは》る。

「シェフが……？　あなたはまだ働き始めて三ヶ月だというのに、もうそれほど打ち解けたんですか」

「誤解されやすいみたいですが、シェフって本当はすごく優しくて親切な人ですよ？」

猫の一件も話したいところだが、それは黙っておいた。

「知っていますよ。長い付き合いですからね」

レヴェリッジさんはそう言って、いつになく柔らかい表情を見せる。

あ、笑った……

しかしその笑みはあっという間に消え、またいつもの無表情に戻った。

「代金はどうしたのです？」

「……ココナッツオイルとオリーブオイルはシェフから分けていただきましたが、他の材料の代金は私が支払いました」

怒られるかな？　と少しビクビクしながら言う。オイル代を払えと言うなら払いますので、どうか見逃《みのが》してください……

「ほう……となると、この件に関しては何も問題はありませんね」

その言葉を聞いて、私はグッと身を乗り出す。

「あの、私が石鹸を盗んだという疑いは晴れたのでしょうか？」

レヴェリッジさんは一つ頷いたあと、口を開く。

「もとより、あなたが盗んだ可能性は低いと思っていました」

「え？」

思わず間の抜けた声が出た。

じゃあ、この取り調べは何だったの？

「殿下のお使いになっている石鹸は高価なもの。きちんと個数を管理しています。一応、保管庫を確認してみましたが、不足はありませんでした」

「だったら、なぜ……」

「石鹸の個数が合っているとはいえ、あなたの行動が怪しいことに変わりはありません。ですから、石鹸を手に入れた経緯をはっきりさせる必要がありました」

つまり私が城から金品をくすねて代金を捻出《ねんしゅつ》し、どこかで買ってきた可能性もあると言いたいのだろう。

「では、私は殿下に事の次第をご報告せねばなりませんので、今日のところはお戻りください」

話は終わったとばかりに、椅子から立ち上がったレヴェリッジさんに、私はおずおずと話しかける。

「あの……」

「まだ何か？」

眼鏡《めがね》のブリッジをクイッと持ち上げ、レヴェリッジさんは私を見下ろす。

「殿下って、どなたですか？」

すると、まるでレヴェリッジさんの心を表しているかのように、眼鏡《めがね》がずり下がった。

「……まさかとは思いますが、あなたはここが誰の城か知らずに働いているのですか？」

「も、申し訳ありません」

エマの記憶を探ってみたけれど、ここケールベルグ領は、この国有数の大きな領地だという情報しかなかった。彼女は自分の身の回りのこと以外にはまったく興味がなかったらしい。

「自分が誰のために日々働いているのかくらいは知っておきなさい」

気を取り直したらしいレヴェリッジさんが、眼鏡を元の位置に戻しながら言った。その声が先ほどよりも厳しく聞こえるのは、気のせいではないだろう。

私は神妙な顔で頷いておく。

「ここケールベルグ領は、このローゼンベルグ王国の第三王子が治めておられる地です」

「へえ……第三王子殿下が……」

この国に王子が三人以上いるということ自体が初耳だった。エマはこういった話にも疎《うと》かったようだ。

「第三王子といえど、殿下は王太子殿下と同じく、今は亡き王妃陛下のお子。王位継承権第二位でいらっしゃいます。母君である王妃陛下は公爵家の娘として、生まれながらにして陛下にお輿入《こしい》れすることが決まっておられた大変高貴な方でした」

「……第二王子は？」

流れで聞くと、レヴェリッジさんから重い答えが返ってくる。

「第二王子殿下の母君は、元は男爵夫人です。夫の男爵が亡くなったのち、陛下のご愛妾《あいしょう》となられました。王妃陛下がお隠れになったあと、国王陛下と再婚されたのです」

異母兄弟か。随分と複雑な家庭環境のようだ……

この城の主《あるじ》だという第三王子が、どんなやさぐれ殿下だとしても驚かないわ。

そのとき、部屋の扉がノックもなしに開かれた。

「レヴェリッジ、いるのかい？」

そう言いながら部屋に入ってきたのは、なんと庭師のユリウスさんだった。

これまでとは違い、随分と高そうな服を着ている。それに使用人の中でも最高位の執事を相手に、ノックもなしに部屋に入って名を呼び捨てるとは。

こんな態度をとれる人物と言えば、限られてくるけれど……まさかね？

だがレヴェリッジさんの口から出た言葉で、私の考えが的中したことがわかった。

「ユリウス殿下！」

レヴェリッジさんは慌てて椅子から立ち上がる。私も急いでそれにならった。

最悪だ……庭師だと思っていた人が自分の雇《やと》い主、しかもよりにもよって第三王子だなんて！

これまでに働いた数々の無礼を思い出し、血の気が引いた。

とにかくこれ以上の無礼は許されないと、私は空気になることにする。下級使用人は、そもそも主人の目につくところにいてはならないからだ。

普通の貴族相手でもそうなのに、王子殿下相手なんて……息も止めるべきかも？

大丈夫、私にはウミガメに転生した経験がある！　あの頃を思い出すのよ！　数十分間くらいなら止めていられるはず！　アリーシア、今が根性を見せるときよ！

だが、当然そんなことができるわけもなく――

……ぶはっ！　無理、死ぬ！

仕方なく、私はそっと部屋の隅《すみ》に移動し、息を殺した。

本当は部屋から出て行きたいが、殿下がドアの近くに立っているため、気付かれずに出て行くことは難しいと判断したのだ。

せめて壁と同化してみせよう……と思ったけれど、残念ながらスパイや忍者への転生経験はない。よって、ただ壁に張り付くだけだった。

レヴェリッジさんと殿下は、私の存在などすっかり忘れて話し込んでいる。

「殿下、呼んでくだされぱこちらから伺《うかが》いましたのに」

「いや、近くを通りかかったから立ち寄っただけだ……あれ？　もしかしてアリーシアかい？」

少し驚いたような殿下の声。彼の方から私に話しかけてくるという、まさかの事態だ。

「殿下、この者とお知り合いで？」

レヴェリッジさんが困惑した様子で尋ねると、殿下はあっけらかんと認めた。

「ああ。何度か庭で会ったことがあるんだ」

「……もしや殿下、また庭師の真似事を？」

「まさか！　そんなことするわけないだろう？」

殿下はにっこりと微笑んだあと、私に目配せしてきた。何か聞かれたら、話を合わせろってことに違いない。

その直後、レヴェリッジさんが私を振り返って聞いてくる。

「あなたが出会ったとき、ユリウス殿下はどのような格好をされていましたか？」

「えーと、今と特にお変わりなかったと思いますが……」

これでいいのだろうか？　そう思ってちらりと視線を向けると、殿下は満足げに笑ってみせた。

「それなら良いのですが……」

どこか釈然としない様子ではあるものの、レヴェリッジさんはひとまず納得したようだ。

「ところで殿下、この者の件で少々お話がございます」

「アリーシアの？　どんなことだい？」

それまで私に向けられていた殿下の視線が、レヴェリッジさんに戻る。

その横顔を、私はこっそり見つめた。

殿下だとわかった以上、もう二度と話すことも、こんな間近で見られることもないだろう……そう思うと、少し寂しい。

くっきりとした二重瞼《ふたえまぶた》に高い鼻梁《びりょう》、薄い唇。作り物めいた美しさだが、瞳は生き生きと輝いている。そしていたずらっぽく笑う右目の下には、小さな泣きボクロが一つ。綺麗な唇は常に弧を描き、そこから零《こぼ》れる言葉は優しく軽やかだった。

他の者が殿下のような態度をとれば、軽薄だと感じるかもしれない。だがさすが王子さま。そんな感じが一切しないのは、生まれ持った高貴な血筋によるところが大きいのだろう。

レヴェリッジさんの話に頷くたびに、赤い癖毛《くせげ》がふわりと動く。そんな殿下の姿を私はじっと見つめていた。

「――石鹸を自ら作った、と申すのです」

「へえ！　この子が、自分で？」

殿下の驚いたような声で、ハッと意識を取り戻す。

すっかり見惚《みと》れていて、全然話を聞いていなかった。

「誰一人、作っているところは見ておりません。ですが材料から作り方まで全て淀《よど》みなく答えてみせましたので、嘘偽《いつわ》りはないかと」

「石鹸といえば、セイル国の主力輸出品。我が国もそれと引き換えに、多くの金を支払っている。あちらにすれば、まさに金のなる木だ。それゆえ製法が国外に流出することを、ひどく警戒していると聞くが……」

セイル国？　聞き慣れない名だが、そんな国があるらしい。

「その通り。そのセイル国を揺るがしかねない秘密を、なぜ彼女が知っているのかという疑問が残ります」

二人の話を聞く限り、一旦は晴れた私の容疑は、窃盗《せっとう》などよりよほどややこしいものになっているようだ。

――セイル国のスパイ。

私はそうとでも思われているのだろうか？

この国では誰も作れない石鹸を作れる以上、セイル国の関係者だと思われても仕方ない。でもセイル国のスパイなら、石鹸を作るなどという自ら正体をバラすような真似はしないはず。それは二人もわかっていると思うんだけれど……

「この者の処分はどのようにいたしましょう？」

「処分？　聞いた限りでは、罪っていう罪は犯していないじゃないか」

どうやら殿下は庶民にも公平な裁《さば》きを下してくれる方みたいだ。なんて素晴らしい！

「はい。ですがこのまま無罪放免とするのはどうかと思いまして」

私は潔白です！　と叫びかけて、ぐっと呑み込んだ。レヴェリッジさん一人なら叫んでいたかもしれないが、さすがに王族の前で勝手に発言するわけにはいかない。

「簡単なことだ。どうやって石鹸の作り方を知ったのか、話してもらえばいいじゃないか」

そう言って殿下は、私に黒い笑みを向けた。

普段は優しげな笑みしか見せないから気付かなかったけれど、実はかなりの曲者《くせもの》でしょ、この人……

なんて思ったことはおくびにも出さず、私はおろおろしてみせながら、どう説明したものかと考えていた。

なぜなら石鹸の製造方法は、前世で知ったのである。それを正直に告げれば、状況が更にひどくなるのは過去に経験済みだ。

……確かあのときは『悪霊憑《つ》き』扱いされ、変な木の枝でバシバシ叩かれた。あげくの果てには身体の血を抜かれ、冷水をかけられ、煙で燻《いぶ》されたのだ。

特にレヴェリッジさんのような真面目な人ほど信じてくれない傾向があった。

つまり……レヴェリッジさんにも納得してもらえるような、それらしい理由を早急に考えなくてはならない！

「アリーシア。話は聞いていたんだろう？　ちょっとこっちにおいで」

殿下に手招きされた私は、仕方なくそちらへ歩み寄る。そして殿下の前に立った瞬間、ゾクリとして身体中の毛が逆立った。

――この感覚には覚えがある。ウサギや鹿に転生したとき、肉食獣が近くに来ると、よくこうしてブルッたものだ。

これまで殿下とは三回お会いしたけれど、こんなプレッシャーは一度も感じなかったのに――こちらが素《す》なのだろうか。まあ、ウサギのときのようにバクッと食べられるわけじゃない分、マシだけど……

それにこういったプレッシャーなら、魔王さまからさんざん受けたし……あれはヤバい毒ガスが身体から出てんじゃないのかってくらい、息苦しかった。っていうか、実際毒ガス出てたしね。

その点、殿下の近くにいるとプレッシャーを感じると同時に、この世のものとは思えないほどいい匂いがした。

殿下は困った表情をしている私を楽しげに見下ろしたあと、近くにあった椅子を引き寄せる。そして背もたれを足でまたぐようにして腰を下ろした。

ますます困った……今度は私が殿下を見下ろすような形になってしまった。

地面に這《は》いつくばった方がいいだろうか？

「さてと！　じゃあ、話してくれる？　僕が何を聞きたいのかは、もちろんわかってるよね？」

どうやらすっとぼけるのは無理らしい。私はゆっくりと頷いた。

「……私はセイル国とは、何の関係もございません。石鹸の作り方は、旅の途中で知り合った者から教わりました」

「旅の途中で？」

「はい。その者は昼間からお酒を飲んでいたので、気が大きくなっていたのだと思います。もしくは私に石鹸の作り方など話したところで、理解できないと考えたのかと」

ケールベルグ領に向かう途中で、飲んだくれの親父と知り合ったのは本当だ。絡まれて話を聞かされたのも嘘ではない。ただ話の内容は、口に出すのも憚《はばか》られるほどゲスいものだったが……

確か飲んだくれ親父は、ケールベルグ領の手前で乗合《のりあい》馬車から降りた。商売をしながら国を回ると言っていたから、おそらく行商人だと思う。

すでにあれから数ヶ月が経っている。今となっては彼の行方《ゆくえ》を探すことは不可能だろう。つまり確認のしようがないということ。

だが私の話に納得できないらしく、レヴェリッジさんが口を挟む。

「一度聞いただけで覚えられるような内容ではない気もしますが……」

薬品の名前ですら「覚えきれないから紙に書け」と言っていたシェフを思い出す。確かに、普通は覚えられないだろう。

「実は、昔から発明や物作りに興味があって……生家でも本を読んだり、あれこれ妄想したりしていたんです。石鹸の作り方も自分で研究して、ある程度は当たりをつけていたんですが、材料が手に入らなくて……」

そう言いながら、エマの自室にあった空《から》っぽの本棚を思い出して、苦笑いを浮かべる。

「……少し、いや、かなり信じがたい話だ。でも、アリーシアが旅の途中で出会った男を探すのは無理だろう……」

殿下はじっと私を見つめたあと、諦《あきら》めたようにゆっくり息を吐《は》く。

「スッキリしないけど、仕方がないね」

その言葉で、私は晴れて無罪放免となったのだった。

6　出張お悩み相談室

殿下とレヴェリッジさんによって取り調べが行われた日の夜、私は厨房《キッチン》で石鹸を作らされた。

大勢の人たちが見守る中、私は材料の計量を始める。と言っても、見物人たちの目的は私ではなく殿下だ。普段は決して見ることのできない殿下を前に、目をハートにしているメイドが大勢いた。

けれど、最初の工程――水酸化カリウム水溶液を作る際に発生した異臭に驚き、多くの者が逃げ出していった。

残った者たちは皆、私を真似て布で顔を覆《おお》う。

そしてできあがった、石鹸の素《もと》。これは少し寝かせて鹸化《けんか》を進めなければいけないので、私は前回作ったものの残りを戸棚から取り出した。

「これが数日間寝かせたもので、水に溶かせば液体石鹸になります」

そう言ってごく少量を水に溶かし、泡立ててみせた。

「なるほど……素晴らしい」

殿下は満足げな笑みを浮かべている。

「これは僕が使っているような固形石鹸にはならないのかな？」

「作り方を少し変える必要はありますが、可能だと思います」

私の返事を聞いて、殿下は意味ありげに微笑んでみせた。

「そんなことも『旅の途中で知り合った者』から聞いたのかい？」

私はそれには答えず、曖昧《あいまい》に笑っておくにとどめた。

「……まあいいや。ところで、アリーシアは『元々発明や物作りが好きで、本を読んだり妄想したりしていた』と言っていたけど、他にも何か作れるのかい？」

「はい、多分……」

「そうか……。もしアリーシアさえ良ければ、僕が君の『支援者《パトロン》』になってあげようか？」

「はい？」

聞き返す声が、思わず裏返ってしまうほど驚いた。

「他にも何か作りたいものがあったら、必要な物は僕が用意しよう……ただし、作ったものは必ず一つ、僕に提出して欲しい」

予想もしていなかった申し出だが、このような状況で断る勇気はない。

「……は、い。わかりました、ありがとうございます」

「すでに作ろうと考えているものは、あるのかい？」

殿下の問いに、私は石鹸を作ったときに一緒にメモしておいた内容を思い出して答える。

「えーと、香水と……消毒用スプレーです」

「楽しみだ」

私の言葉を聞いた殿下はとても楽しそうに笑いながら、レヴェリッジさんを連れて厨房《キッチン》から出て行った。

――予期せず大物パトロンをゲットした私の、転生知識を利用した便利グッズ制作の日々は、こうして幕を開けたのである。

殿下たちが去ったあと、シェフが後片付けをしている私の傍《そば》にやってきた。

「あの臭《にお》い、覚えがあるんだがなあ？　じっくりと話をしようぜ、なあ？」

目だけがまったく笑っていないという、不思議な笑顔で告げたシェフ。その頭に、にょきにょきと角が生えるのが見えたのは気のせいだろうか。

結果、私はシェフからこっぴどく叱られ、「これは暴力ではない、愛の鞭《むち》だ」と大きなげんこつを頭に一つもらったのだった。

殿下の『支援者《パトロン》』発言がもとで、城内の人々は私のことを発明家か何かだと勘違いしたらしい。

彼らは『物珍しそうな顔で遠巻きに見ている者』と、『こんなものは作れないか？　と相談してくる者』、そして『面白おかしく噂《うわさ》する者』、この三パターンに分かれた。

「拭《ふ》き掃除をしてくれる機械なんて作れないかしら？」

「それより先に、シーツにアイロンをかけてくれる機械を作ってよ！」

毎日のようにメイドたちに囲まれては、こういったお願いをされる。でも、はっきり言って無理です。さすがに機械は作れません。

どうやら噂に尾ヒレがついて、私は何でも作れるという話になっているようだ……

またあるときは、袋一杯の落ち葉を手にやって来たメイドが、こんなことを言い出した。

「ねえ、この葉っぱを金貨に変えてくれない？」

さすがに呆れて声も出せなかった。私のことを魔法使いとでも思っているのだろうか？　よく考えてみて欲しい。そんなことができるんなら、スカラリーメイドなんかをしているわけがない。

更にはある夜、メイドの一人が部屋に押しかけてきて、延々《えんえん》と仕事の愚痴《ぐち》を聞かされた。ようやく彼女が本題を口にしたときには、空が白みがかっていた。

「でね、その口やかましい上司を寝込ませる薬を作ってほしいの！」

……って、それはヤバいでしょ。犯罪の片棒は担《かつ》げません。それに単なる愚痴なら、同室のメイド仲間に聞いてもらってよ！

と思いつつ、寝不足でしょぼしょぼする目で睨《にら》んでしまったのだった。

まともに相手をしていたら、寝る暇もなくなってしまう。

身の危機を感じた私は、適当に聞き流していた。

そんなある日。私が寝ようとしてベッドにもぐり込んだら、同室者のアンバーが小さな声で話しかけてきた。

「ねえアリーシア、起きてる？」

「起きてるわよ？」

「あのさ……アリーシアが毎日大変なのは知ってるんだけど……」

アンバーは何やらモジモジしていて、なかなか本題を言わない。

「なあに？　何か欲しいものでもあるの？」

「……うん」

「じゃあ言ってみてよ。無理なら無理って言うからさ」

すると、アンバーは意を決したように言う。

「……ハンドクリームが欲しいんだけど」

もっと突拍子《とっぴょうし》もないことを聞かされるかと思っていた私は、そのささやかな願いに驚いた。

これまで無茶な願いばかり聞かされてきたので、なんだか胸を打たれてしまう。

「それなら多分作れる。任せといて！」

私が二つ返事で依頼を受けると、アンバーは夜だというのに大声を上げた。

「本当!? 嬉しい！」

「ちょっ！ アンバーってば声が大きいよ！ ……っていうか、そんなに喜ぶほどのこと？ 親友の頼みを断るわけないでしょ？」

私がそう言うと、アンバーはペロリと舌を出した。

「だってアリーシア、他の人のお願いは全部断っているじゃない？ だから、てっきり私も断られるかと思ってたの！」

アンバーの言葉に私は苦笑した。これまで頼まれたのはどれも無理難題だったし、身勝手なお願いばかりだったから断ってきた。でもよく考えたら人の役に立つってことは、善行を積むことと同じだよね？ そう思うと、俄然《がぜん》やる気が湧いてきたのだ。

「でも急がなくていいからね！ アリーシアって、すぐ無理をするから……あんまりがんばりすぎると、また熱が出ちゃうよ？」

彼女の優しい気遣いにお礼を言ったあと、私は目を閉じたのだった。

翌日、レヴェリッジさんに頼んで、蜜蝋《みつろう》とスイートアーモンドオイルを用意してもらう。幸い蜜《みつ》蝋《ろう》は木製の家具などを磨《みが》くために常備してあるらしく、すぐに届けられた。

それらを使って、早速ハンドクリームを作ることにした。

作り方は至って簡単だ。蜜蝋《みつろう》とオイルを混ぜて湯せんにかける。そして蜜蝋が全て溶けたところで湯せんから外し、ブリキの缶の中に流し込む。平らにならして空気を抜けば、あとは固まるのを待つだけだ。

「できたっと！」

ハンドクリームが固まったのを確認した私は、缶の蓋《ふた》を閉めた。

作ったクリームは二つ。一つはアンバーに、もう一つはユリウス殿下に渡すものである。

できたてのハンドクリームをアンバーに渡すと、飛び上がって喜んでくれた。まさかこれほど喜んでもらえるとは思っていなかった。

「ありがとう！　大事に使うね！」

満面の笑みを浮かべるアンバーに、私は苦笑を漏らす。

「腐っちゃうから早めに使い切って。なくなったらまた作るから」

「でも、そんなに頻繁《ひんぱん》には買えないし……」

「ええっ!?」

表情を曇らせたアンバーを見て、私は驚きの声を上げた。

「ええっ!?　……って、どうしたのアリーシア？　急に大きな声を出して」

アンバーもつられて叫んだあと、驚いた顔で言う。

「ごめん、ごめん……アンバー、もしかして私にお金を払うつもりだったの？」

「え？　当たり前でしょ？　……まあ、友達価格にしてくれたら嬉しいけど」

「このハンドクリームを作るのに、お金は一切かかっていないのよ？　材料は殿下が無償で提供してくれることになっているんだもの」

「それは知ってるけど……忙しい中、わざわざ作ってくれたんでしょ？」

その謙虚な言葉を聞いて、アンバーのような娘《こ》が友達で本当に良かったと思った。

「アンバーだって私が寝込んだとき、仕事を代わってくれたじゃない。もし、あのとき私がアンバーにお金を払うって言ったらどうしてた？」

「そりゃ怒ったわよ……あ！」

そこで、ようやくアンバーは気が付いたようだ。

「でしょ？　確かに材料費がかかるなら、毎回タダでってわけにはいかないと思う。でも材料費はかかっていないし、何より私がアンバーにしてあげたいと思ったからしたことなの。その気持ちをお金で帳消しにされたら少し悲しいわ」

「そっか……そうだよね。アリーシア、ありがとう」

その返事に、私はやっと満足した。

翌日、庭にゴミを捨てに行ったら、初めて会ったときと同じラフな格好の殿下を見かけた。

「……あそこにいるのって、やっぱり殿下よね？」

私は思わずポケットの中のハンドクリームを触る。

本来、殿下は雲の上の人。私のような者が気安く口を利《き》ける相手ではないので、できあがった品はレヴェリッジさんを通じて渡そうと思っていた。

だが今日は思いのほか忙しく、レヴェリッジさんに会う暇がなかったため、まだ私のポケットに入ったままだった。

昼ご飯さえ食べそびれてしまった私は、グーグー鳴るお腹を抱えながらようやく洗い物を終え、溜まっていたゴミを捨てに来たのだ。

厨房《キッチン》では、シェフが作ってくれたまかないが待っている。一分でも早く戻って頬張《ほおば》りたい。

しかしゴミ捨て場に向かうには、殿下の真横を通らなければならない。ゴミを殿下に見せるなんてもってのほか。なので殿下が立ち去るのを待つか、庭を迂回《うかい》するべきだ。

そう考えたところで、先ほど厨房《キッチン》に漂《ただよ》っていた、まかないの美味《おい》しい匂いを思い出す。

……結果、私の理性は空腹に勝てなかった。

可能な限り気配を殺し、音を立てないよう気を付けながら殿下の横を通り過ぎる。

がんばれアリーシア！　鹿に気付かれることなく近づくことができた猟師時代を思い出すのよ！

そうして何とか気付かれずに済んだ私は、一目散にゴミ置き場へと駆け出した。


「……まだいる」

ゴミを捨てて戻る途中、殿下はまだ先ほどの場所にいた。

しかもこっちを見ている。

目が合うと、彼はにこやかに笑いながら声をかけてきた。

「やあ、アリーシア。また何も言わずに通り過ぎるつもりかい？」

なんと、気付かれていたようだ。

私は黙ったままスカートをつまんで膝《ひざ》を折り、頭を下げた。

すると、殿下の残念そうな声が聞こえてくる。

「以前は『ユリウスさん！』って嬉しそうに話しかけてくれたのに、嫌われてしまったかな？」

「その節《せつ》は、殿下とは知らずにとんだご無礼を……」

「気にしなくていいよ。それより、そろそろ顔を上げてくれないか？」

そう言われたので顔を上げたが、視線は伏せたままにする。

「……急に態度を変えられると、少し寂しいね。アリーシアとは友達になれたと思っていたのに」

「そんな！　友達だなんて！」

驚きのあまり視線を上げて、ぶんぶんと首を横に振る。

「サハルは僕を第三王子と知っても友達でいてくれるよ？　アリーシアは違うのかい？」

「そ、それは――」

「贅沢《ぜいたく》な悩みだと思われるかもしれないが、僕はいつも孤独なんだ。王子という身分ゆえにね……」

私は孤独という言葉にピクリと反応した。

「……殿下には、ご家族がいらっしゃるじゃないですか。私のような、はした者を友になどせずとも――」

「家族か……母は僕が幼少の頃、天に召された。父は新しい妻を娶《めと》り、彼女と城で暮らしている。一番上の兄は父の名代《みょうだい》として国中を飛び回っているし、二番目の兄も自分の領地で暮らしているから滅多に会えないんだ」

見事にバラバラじゃない……

唖然とする私を見て、殿下は屈託《くったく》なく笑う。

「といっても、家族仲はいいんだよ？　義母《はは》とも上手くやっている」

「では、なぜ――」

「言っただろう？　僕は家族でなく、友達が欲しいんだ。だからアリーシア、僕と友達になってくれないか？」

「それは……」

言い淀《よど》んだ私に向かって、殿下は静かに微笑む。

「君は庭師だと思っていた僕に丁寧な態度をとってくれたし、素性を知ったあとも媚《こ》びることはなかった。むしろ近寄って来なくなったよね……そんな君だから信じられるんだ」

ここまで言われて、誘いを断れる者はいるのだろうか？

それに孤独感に苛《さいな》まれていたのは、殿下だけではない。――私もだ。

「わ、かりました」

私の返事を聞いて、殿下は満足げに頷いた。

「ありがとう。……そういえば、あれから何か作ったのかい？」

殿下の問いを受け、私はポケットから小さな缶を取り出す。

「これは？」

「ハンドクリームです」

私たち庶民からすれば高級品だが、殿下にとっては珍しいものではないだろう。もしいらないと言われたら、アンバーにあげるか自分で使おうと思っている。

だが予想に反し、殿下は感心した様子で私の手の上の缶をヒョイとつまみ上げた。

「へえ……こんなものも手作りできるんだね。どうやって作ったんだい？」

私は作り方を簡単に説明した。その間も、殿下は缶の蓋《ふた》を開けて匂いを嗅いだり、指先にクリームを少し取ってなじませたりしている。

その気取らない姿は、私の知っている庭師のユリウスさんそのものだった。

こうして話していると、本当に目の前の人が王族なのかどうかわからなくなる。

「また何か作ったら、レヴェリッジに渡さず直接僕のところに持っておいで。そうすれば作り方も聞けるし、何より君と話すのは、レヴェリッジのような堅物を相手にするより、よっぽど楽しいからね」

私が返事をするよりも早く、お腹が大きな音を立てた。

――キュルキュルキュル。

「わ、わかりました！」

その音を誤魔化《ごまか》そうとして、とっさに答えてしまった……レヴェリッジさんに知られたら、雷が落ちそうな気がする。

「食事はまだなのかい？」

うっ。バッチリ聞こえていたみたいですね……

「はい……今日は、その、忙しかったもので……今から休憩なんです」

そう答えたあとで、もう一度お腹が鳴る。

「そうか……これ以上引き留めたら、君のお腹の虫に申し訳ないな。またね」

軽く手を上げて立ち去る殿下。

頭を下げている私の顔は、きっと殿下の髪よりも赤いことだろう。

火照《ほて》った頬から熱が引くのを待って身を起こしたときには、すでに殿下の姿はどこにも見えなかった。

「よりにもよって、殿下の前でお腹が鳴るとは……」

深いため息を吐《つ》きながらも、私はご飯の待つ厨房《キッチン》へと急ぎ足で向かうのだった。


この日を境《さかい》に、私は人の役に立つものを積極的に作り始めた。

アンバーの喜ぶ姿に心を打たれた……というのは建前で、実のところは人の役に立てば善行を積めるし、殿下と話す機会も増える——という邪《よこしま》な理由からだった。

まず手始めに、余っていた材料でハンドクリームを量産し、使用人たちが自由に使えるよう各部署に置いて回る。

どうやら、とても好評のようだ。

また厨房で使っていた液体石鹸を、掃除用や洗濯用など、用途に応じて分量を調整して配った。

これもおおむね好評である。

「アリーシアのおかげで、最近手が綺麗になったわ！　前は変な噂《うわさ》を信じてごめんね」

「あなたが作った石鹸を使うと、汚れが簡単に落ちて助かるわ。でも、できればもう少し泡を減らせないかしら？　すすぎが大変なのよねえ」

最近、廊下ですれ違うメイドたちから、こういった声をかけられることが多くなった。

「これ、実家の母が育てたハーブなの。私の生まれ故郷でしか栽培されてないんだけど、すごく香りがいいから、良かったら使ってね」

そう言って、私に発明の材料をくれる人まで現れた。

……受け入れられてるんだ。

皆が自分に期待してくれているのがわかり、私は物作りの依頼に関しても、無茶なもの以外は張り切って受けた。

その結果、次第に関係ない悩み相談までされるようになったのだ。

第一の相談者は、麦わら帽子をかぶったおじいさんだった。しわくちゃだけど日に焼けた顔は健康的で、まだまだ現役といった感じ。でも、何やら肩を落としてしょんぼりしている。

「儂《わし》はユリウス殿下に最近雇《やと》ってもらって、庭を任されているのじゃが――」

どうやら、この人が本物の庭師らしい。

「花が上手く育たんのじゃ。南方の花なんじゃがなあ……お前さん、出身はサウスダートなんじゃろ？　何か知らないかのう？」

彼は私にというよりも、単にサウスダート出身者に話を聞きに来ただけのようだ。けれど、私はできる限りのアドバイスをする。

「ここはサウスダートに比べてかなり気温が低いですから、外で栽培するのは難しいかもしれませんね。鉢植えにして室内で育ててみてはどうですか？」

「もちろん室内で育てているものもあるんじゃが、どうにも元気がなくてのう……」

「そうですか……土が違うんですかねえ？　では追肥《ついひ》をしてみては？」

私はそう言って枯葉から作る腐葉土《ふようど》や、牛糞《ぎゅうふん》と生ゴミで作る堆肥《たいひ》の作り方を教えた。

「ほう……サウスダートではそのようにして作るのか……こうしてはおれん！　すぐにやってみよう！　待っておれよ、儂《わし》の花たち！」

おじいさんは来たときとは違って、意気揚々《いきようよう》と花壇の方へ戻って行く。

その背を見送りながら、私はボソリと呟いた。

「本当は、サウスダートで作られている肥料じゃないんだけどね……」

そう思いつつ、私も試しに作ってみようと、レヴェリッジさんの部屋を訪ねて必要な物を頼む。

「枯葉と牛糞、それに野菜の皮などの生ゴミをください」

真面目に告げる私を見て、レヴェリッジさんはとても嫌そうな顔をした。

「……そんなものは、そこら辺で手に入るでしょう？　自分で用意しなさい……。何を作るつもりか知りませんが、それらで作ったものは殿下に届けなくてよろしい」

言われなくとも、これは殿下に届けるつもりはありませんよ！　第一、似合わないでしょ？　殿下と牛糞なんて！

内心で腹を立てながら、私はレヴェリッジさんの部屋を後にした。

そしてまた別の日、この城に野菜を卸《おろ》している農家のお兄さんが厨房《キッチン》へやって来た。

彼が運んで来た野菜を見て、シェフが眉を顰《ひそ》める。

「……随分と少ないな」

「すいません。最近、獣《けもの》に畑を荒らされてて……」

農家のお兄さんは悔しそうに説明した。

「捕まえたのか？」

「それが、逃げられてしまってばかりで……」

確かに害獣を捕まえるのは意外と難しい。私も猟師をしていた頃には、よくそういった相談を受けたため、害虫駆除で生計を立てていたこともある。

肩を落として呟くお兄さんがあまりにも可哀想だったので、私は聞かれてもいないのに罠《わな》の張り方を教えてあげた。

お兄さんは興味深げに話を聞いたあと、感心したように言う。

「なるほど、それなら捕まえられるかもしれないな……それにしても若い娘さんなのに、そんなことを知っているなんてすごいな」

「私の家も畑を持っていましたので……」

サウスダートの家の畑にいたとき荒らされたことはないが、無難な返答をしておく。

「そうか、苦労してきたんだな……獣《けもの》を捕まえたらお礼に来るから、名前を教えてくれるかい？」

「アリーシアです」

「アリーシアか、ありがとよ。早速試してみる」

お兄さんはそう言い残し、笑顔で厨房を後にする。

横から物言いたげなシェフにいたとき視線を感じたものの、私はそれを無視して洗い場に戻った。


その日の夜、私はシェフに頼まれ、白猫——通称レディに餌《えさ》をやりに来ていた。

すると近くの茂みがガサリと音を立てる。

「アリーシア・オルフェ殿か？」

そう言いながら現れたのは、初めて見る男性だった。

彼はしゃがみ込んで猫に餌をあげる私を見て、フッと表情を緩《ゆる》める。

「可愛い猫だな」

男性がゆっくりと歩み寄ってくるが、レディは逃げる素振《そぶ》りがない。とても人懐《ひとなつ》っこい猫なのだ。

やがて私の正面に立つと、男性は目線を合わせるようにしゃがみ込んでくれた。

「私はロイ・アベーユ。騎士団に所属している」

彼は私のことを知っているらしいが、私の方は覚えがなかった。この城には殿下直属の騎士団がある。貴族の子弟が集《つど》う騎士団との接点はゼロに等しいから、おそらく初対面だろう。

「突然すまない。実は君がここにいるとサハルから聞いたものでな」

「シェフから……」

アベーユさまがやって来た理由について、大体の予想はついていた。知らない人に話しかけられる理由はこれしかない。

「私に作って欲しいものがあるのでしょうか？　よろしければ相談に乗りますが……」

「その通りだ。君に是非とも助けてほしい」

そう言ってアベーユさまは語り出した。

「今度、王城で剣舞を披露することになったのだが、どうも思うように動けず困っている」

「動けないと仰《おつしや》いますと？」

「剣舞の型は一通りマスターしたし、練習のときは問題なく動けていたのに……本番用の衣装を着ると駄目なのだ」

「衣装、ですか？」

アベーユさまはゆっくりと頷いた。

「うーん、では、どんな剣舞をするのか見せてください。それと本番で着る予定の衣装というのがどういったものなのか、教えていただいてもよろしいでしょうか？」

するとアベーユさまは躊躇《ちゅうちょ》することなく、その場で剣舞を始めた。

流れるような動作で、優雅に舞ってみせる彼。どこか異国情緒がある。おそらく、本番では手に剣を持つのだろう。

やがて舞い終えたアベーユさまは、肩で息をしていた。

「お見事です」

額《ひたい》に流れる汗を袖《そで》で拭《ぬぐ》ってから、アベーユさまは口を開く。

「ああ。この服であれば問題なく動けるのだが……本番では、鎧《よろい》を着ることになっているんだ」

「鎧っ⁉　この舞をですか？」

優雅に見えてなかなかに激しい舞を、重い鎧を着てするなんて――

「それは動けなくて当然ですよ……」

私の言葉に、アベーユさまは困った顔で頷いた。

「ところで、その舞はこの国のものではありませんよね？」

「ああ。天藍《テイエンラン》のものだ」

その名は聞いたことがある。確か、遥《はる》か東の大陸にあるという国だ。様々な民族が暮らしている多民族国家だけれど、多くの民は象牙《ぞうげ》色の肌と黒い髪を持っているとか。

「では、天藍の民族衣装をお召しになってはいかがですか？」

「今から取り寄せても間に合わない。ふた月後に天藍から来られる使者殿を歓迎するための舞だからな」

私は唸《うな》った。確かに、今から取り寄せても間に合わないだろう。天藍まで行くには船と陸路を使って数ヶ月はかかるのだ。

だが天藍の使者を迎えるのであれば、演目は変更できないはず。

そうなると、代わりの衣装を作るしかない。

「天藍の民族衣装は無理ですが、似たようなものなら作れると思います」

天藍は、日本に転生したとき隣にあった中国という国によく似ている。その国の人は武術の鍛錬《たんれん》時などに長袍《チャンパオ》と呼ばれる長衣を着るのだ。

あれなら動きやすいし、舞の雰囲気も損《そこ》なわないだろう。

覚悟を決めて提案した私に、アベーユさまは爽《さわ》やかに笑う。

「ありがとう、恩に着る」

そう言って彼は私の両手を取り、深々と頭を下げた。

私の脳内では、前世で働いていた仕立て屋での作業風景がめまぐるしく流れていた。服を作るのは数百年ぶりだが、まあ何とかなると思う。

その後、アベーユさまに色の好みなどを聞きながら、一緒に城の方へ向かう。

途中の分かれ道で、「デザイン画ができたら一度見せますね」と約束をして、部屋へ戻ろうとしたのだが――さすがは騎士さま。なんと私を部屋まで送ってくれたのである！

おかげでそれを目撃した同室のメイドたちから、「あれは誰だ」「どうして出会った」「こんな時間まで、二人で何を？」などと質問攻めに遭ってしまった。

その翌日、仕事を終えて部屋に戻った私は、ノートにデザイン画を描いてみた。すでに大体のデザインは決まっているため、迷うことなくさらさらとペンを走らせる。

――襟は立ち襟で、そこから右の胸元にかけてボタンで留める。ボタンは紐で編んで作ったものを三つくらい用意しよう。膝《ひざ》まである長衣の両サイドには、動きやすいようスリットを入れる。その下に太めのズボンをはくのだ。

私は描き上がったデザイン画を見て頷くと、大きな欠伸《あくび》をした。そしてノートを枕の下に入れたあと、夢の中へと旅立った。

そのまた翌日、シェフに事情を説明して厨房《キッチン》を抜け出す。

私の目の下のクマを見た彼は、リンゴを一つくれた。どうやら勝手にアベーユさまに紹介したことを気にしているらしい。それを示すかのように、リンゴは綺麗な白鳥の形に切られていた。

ウサギなら私にもできるけど、さすがは本職。レベルが高いわ……

妙な敗北感を覚えつつ、リンゴをもしゃもしゃと頬《ほお》張《ば》りながら歩く。騎士の鍛錬《たんれん》場へと向かっているのだ。シェフによると、アベーユさまはこの時間帯、いつもここにいるらしい。

普段は立ち寄ることのない鍛錬場。近づくにつれて、騎士たちの熱気が伝わってくる気がした。

そっと中を覗《のぞ》くと、騎士たちに稽古《けいこ》をつけているアベーユさまを発見。

が、さすがにずかずかと入って行く勇気はない。

「……どうした？　誰かに用でもあるのか？」

挙動不審な私を見かねたのか、近くにいた騎士の一人が声をかけてきた。

「あっ、あの、アベーユさまを呼んでいただけますか？」

「副団長を？」

騎士が不審そうに私を見つめる。

「え？　副団長？」

私は思わず聞き返した。

「あそこに立っている方だろう？　アベーユという名の者は他にいないからな」

彼が指差す先に立っているのは、確かにアベーユさまだ。だが、まさか副団長だったとは……

「はい、お願いします。アリーシア・オルフェがデザイン画をお持ちしたと伝えていただければ、わかると思います」

「……少し待て」

騎士はそう言って、アベーユさま——副団長に近づき話しかけた。

副団長がこちらを見たので、私は軽く会釈《えしゃく》する。先日とは違い、騎士の隊服を身につけた彼は、副団長という肩書に相応《ふさわ》しい威厳を放っていた。

「十五分の休憩だ！」

副団長が大声で指示を出すと、野太い返事があちらこちらから上がる。その声の大きさに、私は思わずびくりとした。

その様子を見ていた副団長が、こちらに向かって歩きながら言う。

「すまない、ここでは落ち着かないだろう。あちらで話そう」

案内されたのは、騎士たちの詰所《つめしょ》だった。数人の騎士が寛《くつろ》いでいたが、副団長の姿を見るなりビシッと敬礼して出て行く。

「もうデザイン画ができたのか？」

「はい。これなんですが、いかがでしょう」

そう言いながら、私は持って来たノートを開いて説明する。

「動きやすいように、両サイドに大きくスリットを入れます。そして、その下には太めのズボンを」

本番で使用する剣も、柄《つか》の部分に房飾りをつければそれっぽい雰囲気が出るだろう。これも時間があれば作りたい。

「この服を副団長の身体に合わせて仕立てますので、採寸させてもらってもいいですか？」

「それは構わないが……ここでか？」

「はい」

仕立て部屋で働くメイドから借りてきたメジャーを、シュルリと伸ばしてみせる。すると副団長は、隊服の上着を脱ぎ始めた。

「上だけでいいです。下はそのままで」

「……助かる」

シャツ姿になった副団長の正面に立ち、腕の長さと首の太さを測る。そして次は、彼に抱きつくような形で胸囲を測った。

「……ありがとうございます。副団長、身長は？」

そう尋ねながら見上げると、思っていたよりも顔が近くて驚く。

副団長も私を見下ろしていたので、至近距離で見つめ合うことになってしまった。

そのとき、狙いすましたかのようなタイミングで詰所のドアが開き、三人の騎士が入ってくる。

私たちが部屋の隅《すみ》にいたため、ドアを開けただけではわからなかったのだろう。彼らは楽しそうに会話しながら部屋の中ほどまで来て、ようやく気付いた。

「んでよー、そのあとどうしたと思う？　なんと……うわっ！　し、失礼しました！」

私と副団長の関係を誤解したらしく、三人は慌てて出て行ってしまう。さすがは騎士だけあって無駄に行動が早い。止める間もなかった。

「……完全に誤解されてしまいましたね」

「すまない。きちんと誤解は解いておく」

「ありがとうございます」

また入って来られては大変だと思い、私は急いで作業を続けたのだった。

7　鹿肉パーティー

「アリーシア、お客さんよ！」

キッチンメイドの一人が、裏口の方から大きな声で私を呼んだ。外にいる誰かと話をしているようだ。

私は洗い物の手を止め、エプロンで手を拭《ぬぐ》いながらそちらへ向かう。

きっと、また頼み事をされるのだろう。

「私がアリーシアですが、何かご用でしょうか？」

しかし私の予想に反して、そこには前に罠《わな》の張り方を教えてあげた農家のお兄さんがいた。

「あ、お久しぶりですね！　罠、どうでした？」

「それが聞いてくれよ、アリーシアちゃん。おかげで大成功だったぜ！　これまでの苦労が嘘みたいに、簡単に捕まえることができたよ」

そう言って見せてくれたのは、鹿の足だった。

「良かった！」

厨房《キッチン》で働いているので、調理前の肉を見ることには慣れている。だが、こんな満面の笑みで肉塊を見せられたのは初めてだ。

ともあれ、お兄さんが嬉しそうで何よりである。

「で、これはお礼。良かったら食べてよ」

そう言って渡されたのは、もちろん鹿の足。私はごくりと生唾《なまつば》を呑む。

これだけ大きな鹿肉があれば、鹿料理のフルコースが食べられる。鹿肉ステーキに、鹿肉の赤ワイン煮込みに、鹿肉のロースト……

「うわー嬉しい！　お兄さん、ありがとうございます！」

私はお礼を言ってから、鹿の足を恭《うやうや》しく頂戴した。

「美味《おい》しく食べてくれよ。また何か罠《わな》に掛かったら、持ってくるから」

「いいんですか？」

「もちろん。どうやらうちの畑を荒らしていたのは、一頭じゃないみたいでさ……」

お兄さんは半眼《はんがん》で笑っている。……怖い。農作物への被害はまだ続いているらしい。

「そ、そうですか……」

お兄さんは私ににっこり笑ってみせたあと、「じゃあな！」と手を振りながら帰っていった。

たくましい身体をした彼は鹿の足を軽々と持っていたが、私には少々重い。だがその重さの分だけ食べられると思えばなんてことはない。

さあて、どこに置いておこうかしら？

満面の笑みを浮かべて厨房《キッチン》を振り返ると、同じく満面の笑みを浮かべた厨房の皆がいた。だがその視線は、私ではなく鹿肉に向いている。

「……今日は、皆で鹿肉パーティーといきますか？」

どうせ一人では食べきれない量だし。

そう思って提案したら、途端に大歓声が上がったのだった。


その日の夜、私はシェフと一緒に鹿肉料理を作ることになった。鹿肉をローストする私の様子を隣で見ていたシェフが、不思議そうに言う。

「……お前、これほど料理が上手いのなら、キッチンメイドにも十分なれただろうに。どうしてスカラリーメイドなんだ？」

私は鹿肉を手際よくひっくり返しながら答える。

「え？　こんなのただの家庭料理ですし……それに仕事を探していたときは、スカラリーメイドしか募集してませんでしたし」

「欲のない奴だな……ところで、これにはどんなソースを合わせるつもりなんだ？」

「えっと、バルサミコ酢とオリーブオイル、それと蜂蜜でソースを作る予定です」

それを聞いたシェフが、小さなソースパンを取り出す。どうやら作ってくれるみたいだ。

「あ、バルサミコ酢は少し煮詰めてくださいね」

「おいおい、いつからお前は俺の上司になったんだ？」

あああああ、しまった！　調子に乗って指示を出してしまった……

だがシェフは、特に怒るような素振《そぶ》りは見せない。私が言った通りにバルサミコ酢を煮詰め始めた。

「……怒らないんですか？」

「ま、鹿肉が食えるのはお前のおかげだからな。今日だけ特別だ」

と、彼は笑ってみせた。

そうして作った料理は三品。人数が多いから、一品一品をかなり多めに用意してある。

シンプルに塩こしょうとハーブをまぶして焼いただけの鹿肉のステーキに、鹿肉と四種類の豆をトマトベースで煮込んだスープ。そして鹿肉のロースト、バルサミコ酢ソース。

さあ、鹿肉パーティーの始まりだ!!

厨房中にいい匂いが漂《ただよ》い、テーブルの上の鹿肉料理からはまだ湯気が立っている。私の口からは涎《よだれ》が出ていることだろう。

「いい匂いだね」

皆が椅子に座り、遅い夕食にありつこうとしたそのとき、食堂の扉が開いた。

「殿下、このような場所に来られてはいけません。お戻りください」

現れたのは、匂いにつられて来たらしい殿下と、それを窘《たしな》めているレヴェリッジさんだった。

殿下を無視して食べ始めるわけにもいかず、皆が食事に手を伸ばした格好のまま固まる。当然私もその一人だった。

あと少しだったのに……口に放り込んでさえいれば、隙《すき》を見て咀嚼《そしゃく》できたのに……

そんな私の気持ちなど知らない殿下は、レヴェリッジさんの制止を無視してテーブルへ近づいてくる。そしてシェフに尋ねた。

「どうしたんだい？　今日は何かのお祝いかい？」

殿下はシェフに尋ねた。

「いえ、相談に乗ってもらった礼にと、アリーシアに鹿肉を持ってきた者がいたのですが、彼女の厚意で皆の夕食にしました」

レヴェリッジさんや他の皆の前だからか、シェフは敬語で答えた。

「へえ……なるほどね。それにしても、さすがはサハル。とても美味《おい》しそうだ」

「いえ、今日は主に彼女が」

そう言ってシェフが私を示すと、殿下は目を見開いた。

「アリーシア、君が作ったのかい？」

私は慌てて手を引っ込め、頷いた。

「は、はい。と言っても、シェフが手伝ってくださいましたが」

「へえ、サハルが手伝いをねえ……」

殿下が珍しいものでも見るような目で見ると、シェフは照れくさそうに目を逸《そ》らした。

「殿下、もうよろしいですね？　お部屋に参りましょう」

会話が途切れたところで、レヴェリッジさんが殿下に言う。

「アリーシアの料理、僕も食べてみたいなあ」

何気なく呟かれた殿下の言葉に血相を変えたのは、レヴェリッジさんだけではない。この場にいる全員の笑顔が引きつっていた。

「ここは使用人の休憩所です。高貴な方が立ち入られるべき場所ではございません。お腹が空いたのでしたら何かお持ちしますので、お部屋にお戻りください」

懸命に殿下を連れ出そうとするレヴェリッジさんを、私は心から応援した。

「レヴェリッジ……いくら僕が王族といえど、そんな高慢な態度でいては、いつか民に見放されることになるよ。それに、僕は国王にはならないからね。国王陛下の民という意味では、彼らと同じさ」

「ユリウス殿下！　何てことを仰《おっしゃ》るのですか！」

レヴェリッジさんが慌てて諌《いさ》める。

「そう堅いことを言うなって。お前もたまにはそのタイを緩《ゆる》めてみたらどうだい？　そうすることで見えてくるものも、あるかもしれないぞ」

殿下はレヴェリッジさんのタイを指差しながら、からかうような笑みを浮かべる。

そんな殿下を無言で見つめたあと、レヴェリッジさんは諦《あきら》めたのか、大きなため息を吐《つ》いた。

「シェフ……申し訳ないが、食事を分けていただけるだろうか？」

殿下の部屋に持っていくつもりなのだろう。確かに「ここで食べたい」とは言ってなかったもんね。

「あ、ああ。それは構わない……か？　アリーシア」

シェフが返事をしかけて途中で止め、私に尋ねる。お願いだから聞かないでください。

「も、もちろんです」

そう言いながらも、少し心配になる。

……殿下のお口に合うかしら。

さて、ここは下《した》っ端《ぱ》の私が動くべきだろう。そう思って殿下のお皿などを用意しようと立ち上がったとき、誰かに両肩を押されて再び座らされた。

「今こうしてここにいるのに、わざわざ部屋まで運んでもらう必要はないさ」

すぐ後ろから聞こえてきた声で、肩に置かれた手が殿下のものだとわかった。振り払うこともできないまま、私は固まる。

「まさか殿下、この場でお召し上がりになるおつもりで？」

レヴェリッジさんの口調は淡々としているが、その表情は苦々しい。

「一人きりでの食事にうんざりしてたところだ。それに、たまにはいつも僕のために働いてくれている者たちと、こうしてコミュニケーションをとることも必要だろう」

殿下の言葉に、レヴェリッジさんはため息を吐きながら眼鏡《めがね》を触った。

「わかりました。では、せめて私が給仕をさせていただきます」

レヴェリッジさんが思わぬことを言い出したので、場がざわつく。なぜなら使用人の最高位にいる彼が給仕している傍《そば》で、食事をしなければならないからだ。

私は慌ててシェフの服の裾《すそ》を引っ張った。

「なんだ？」

「レヴェリッジさんにも食べてもらった方が、まだ皆も気が楽だと思うんですけど……」

「……生真面目《きまじめ》が服を着ているようなあいつが、主《あるじ》と同じ席につくと思うか？」

私とシェフは、顔を突き合わせてひそひそと話す。

「でも、気まずすぎますよ」

「わかってるさ……しかし殿下に命令でもされない限り、あいつは食べないだろうな」

シェフは諦《あきら》めろと言わんばかりに首を横に振った。

その会話が聞こえていたとは思えないが、殿下がこんなことを言い出す。

「しかし、ただでご相伴《しょうばん》にあずかるわけにはいかないな……レヴェリッジ、地下から鹿肉に合うワインを何本か持って来てくれないか？」

それを聞いて、使用人たちの目の色が変わった。中には小さくガッツポーズをしている者もいる。

「……かしこまりました」

レヴェリッジさんは殿下に一礼したあと、食堂を後にした。殿下に言われた通り、地下のワインセラーに向かったのだろう。

「さて、これで口うるさい者もしばらくは戻ってこないだろうし、食事にしようか」

殿下は皆に笑いながら言ってみせた。どうやら意図的にレヴェリッジさんを退場させたらしい。

使用人たちは気さくな殿下の姿につられたのか、皆笑顔になっていた。

殿下は空《あ》いている席に座ろうとしたが、シェフが上座《かみざ》に席を設ける。

食材の提供者ということで、今回に限り私の席は上座に近い。そのため小声で話す二人のやり取りが聞こえた。

「別に空《あ》いている席で構わないよ」

「殿下のお人柄は知っていますが……あとでレヴェリッジに小言を言われるのは俺ですから」

シェフはそう言って肩を竦《すく》めた。

殿下が席についたところで、ようやく食事が始まる。レヴェリッジさんがワインを持ってくるまでは、殿下も用意されていた安い麦酒《ビール》を飲んでいた。

初めは緊張していた皆も、次第に寛《くつろ》いだ様子を見せる。レヴェリッジさんが戻ってきた頃には、殿下を囲み、和気藹々《わきあいあい》と食事を楽しんでいた。

一瞬固まったレヴェリッジさんであったが、やがて諦めたように苦笑を浮かべる。その後、殿下に言われて一緒に食事を楽しんでくれたのだった。

しかし飲み慣れない高級なお酒を飲んだからか、中には悪酔いする者もいた。

「殿下ぁ！　俺はぁ、殿下には感謝しれるんれすよおおお」

呂律《ろれつ》の回らない口で語り出したのは、料理人の一人だ。普段はあまりお酒を飲まない人だが、せっかくの高級ワインだと思ってつい飲みすぎたのだろう。

皆も酔いが回っているせいか、誰も止めようとはしない。

真面目なレヴェリッジさんはお酒には口を付けていないため、冷静な眼差しを向けている。……いや、冷ややかな目と言った方が正しいだろう。

私はお酒よりも食い気に走っていたため、まださほど酔ってはいない。止めた方が良いのかどうか、判断に迷いながらも口を開く。

だが何か言おうとしたところで、殿下に目で制されてしまった。

ま、殿下がいいなら、いっかー。食べよ食べよ。

私はナイフで大きめにカットした鹿肉ステーキを口いっぱいに頬張《ほおば》った。

……あとになって考えると、私も自分で思っていた以上に酔っぱらっていたのかもしれない。

「殿下ぁ、俺は初めは王子さまの治めてる領地なんれ、嫌らったんれす。我儘《わがまま》れ無能な貴族を見てきたから、王族なんてもっとひどいと思ってたんれす」

「手厳しい意見だが、そう思うのも無理はない」

殿下は料理人の言葉に、微笑みながら頷いている。

「でもぉ、ここは想像と違ったんれす。殿下には滅多に会えませんけろ、俺たちみたいな使用人をちゃんと人間として扱ってくれる……俺は幸せ者れす。シェフは気が短くて口が悪いれすけど、料理はマジでうめえし、俺もちゃんと修業して、いつかはシェフみたいに……ぐう」

言いたいことを言いたいだけ言うと、彼はそのままテーブルに突《つ》っ伏《ぷ》して寝てしまった。

シェフをチラリと見たら、口の端を引きつらせている。

……彼は、あまりお酒を飲んでいないみたいだ。これは完全に明日まで覚えてるな。

「寝てしまったね……。僕がこれ以上長居すると、明日の皆の仕事に支障が出そうだから、この辺で失礼するよ。皆もほどほどに。いくら褒めてもらっても、明日の仕事を休みにしてあげられるほど太っ腹じゃないからね」

殿下がそう言って立ち上がり、レヴェリッジさんもそれに続く。

慌てて立ち上がろうとした私やシェフに向かって、殿下は「そのままでいいよ」と告げたあと、ドアに向かった。その途中でこちらを振り返り、にっこりと笑う。

「アリーシア、ごちそうさま。とても美味《おい》しかった。きっといい奥さんになれるよ」

そのときの殿下の表情はお酒のせいか、目が離せなくなるほど色っぽかった。

殿下の出て行ったドアを、私は静かに見つめ続ける。

「……大丈夫か？　アリーシア。お前、顔が妙に赤いぞ」

シェフが固まったままの私を、心配そうに覗《のぞ》き込んでくる。

「だ、大丈夫です。ちょっと飲みすぎただけです！」

私は慌ててグラスを手に取り、残っていたワインをグイッと飲み干した。

「飲みすぎねえ……」

どこか含みがあるように聞こえるのは、気のせいだと思いたい。

頬が火照《ほて》るのも、顔が赤いのも、きっとお酒のせいに決まっている！

◇　◇　◇

「嬢ちゃん、ちょうど良かった！　今から厨房《キッチン》を訪ねようと思っていたんじゃ」

殿下に教えてもらった場所でミントを摘《つ》んでいると、庭師のおじいさんが満面の笑みを浮かべて近づいてきた。

私は立ち上がって挨拶する。

「おじいさん、こんにちは！　私に何かご用ですか？」

「見てみい、この花を」

おじいさんは一輪のピンクの花を、自慢げに掲《かか》げてみせた。

「可愛らしい花ですね」

「そんなありふれた言葉じゃ言い表せんわい。見よ、この恥じらう乙女の頬のごとき可憐なピンク！　まるで王女さまの着るドレスのような花弁！」

うっとりしながら、おじいさんは語る。

「そして極《きわ》めつけはこの香りじゃ！　気品と色気を兼ね備えた、実に甘い香り……」

おじいさんは花に顔を近づけ、スウッと息を吸い込んでいる。

さすがは庭師。花への愛情が並ではない。

「は……はあ」

「なんじゃ、その気の抜けた返事は……」

「すみません」

「おっと、儂《わし》こそすまんのお。花のことになると、つい熱くなってしまう。用事とはこの花のことじゃよ。良かったら、これを部屋にでも飾ってくれんかの」

差し出された一輪の花には、わざわざリボンが結んであるる。でも、とても大事にしているようなのに、いいのだろうか？

「そんな大切なものを、もらってもいいんですか？」

「もちろん！　お嬢ちゃんがいなかったら、この花たちは皆枯れてしまっただろうからな」

「あ！　もしかして、この花が以前言っていた花ですか？」

「なんじゃあ？　わかっとらんかったんか？」

ようやく気付いた私に、おじいさんは呆れた様子だ。

「無事に咲いたんですね！　良かった！　それにしても、こんなに綺麗な花だったなんて……ありがとうございます！」

「大切にしてやってくれの」

おじいさんは嬉しそうに笑ったあと、ゆっくりと去って行った。

その背を見送った私は、もらった花とミントを入れた籠《かご》を持って厨房《キッチン》に戻る。

花瓶代わりの空き瓶を綺麗に洗い、茎に結ばれていたリボンを解《ほど》いてその瓶に結び直していると、シェフが近づいてきた。

「……どうしたんだ？　まさかミントと同じように、庭から毟《むし》ってきたんじゃないだろうな」

そう言って疑わしげな視線を向けてくる。失礼な！

「違いますよ！　これは頂き物です」

「ほおー、お前もなかなか隅《すみ》に置けないな」

シェフは、にやにやと笑ってみせた。

「なんか誤解していませんか？　これをくれたのは、庭師のおじいさんですよ？」

するとシェフは、少し考え込むように顎《あご》をさする。

「庭師か……ちなみに、お前の恋愛対象年齢《ストライクゾーン》は？」

「下は二十歳から、上は四十五歳くらいまでですかね」

結構幅広い方だと思う。

そういえばエマの肉体は二十四歳だが、アリーシアとしての精神年齢は何歳くらいなのだろうか。

「さすがに庭師のじいさんは無理か……」

「はあ、そうですね……あと三十歳若ければ、とても素敵な方だと思うんですけどね」

花を愛する男性に悪い人はいないと思うのは、夢を見すぎだろうか？

でも悪の代名詞とも言える魔王さまは、花が目の前にあると邪悪な笑みを浮かべて花弁を毟《むし》ったり、握り潰したり、踏みつけたり、燃やしたりしていた。そんな姿を見ては恐怖に震えたものだ。

「そうか。ちなみに俺は三十二歳だ。お前のストライクゾーンど真ん中だな」

「そうですね」

……だからなんだというんだ。

私が適当に返すと、シェフはつまらなそうな顔をした。

「まあいい。その花、今のうちに部屋に持って行け」

「いいんですか？」

「俺がこうして油を売ってるのを見れば、わかるだろ？　今は少し暇なんだ」

確かに周りを見れば、他のメイドたちもお喋《しゃべ》りをしている。

「ありがとうございます。お言葉に甘えて、部屋に置いて来ます」

「おう。ただし、ゆっくり昼寝なんてしてくるんじゃないぞ？　そんな時間はないからな」

その言葉に笑顔で頷くと、私は花瓶を抱えて廊下に出る。

厨房《キッチン》から私たちが暮らす大部屋まではさほど遠くない……のだが、どうしてこうなったのだろう。

「やあ、アリーシア。どうしたんだい？」

「で、殿下……」

ここは使用人専用の通路だ。殿下は決して通らないはず。

道を間違えた？　いや、そんなわけない。

「どうして僕がここにいるのか、って顔だね」

その言葉にドキッとした。思っていることが顔に出ていたのだろうか？

奴隷だったとき、考えていることを顔に出さないスキルを身につけたはずなのに……

「アリーシアと会えてよかったよ。ちょうど君に会いに行くところだったんだ」

「私に、ですか？」

今日は何かと私に用がある人が多いみたいだ。

「先日のお礼をするためにね」

「お礼、ですか？」

思い当たることがなく、私は首を傾げた。

「この前、手料理をごちそうになっただろう？」

「ああ……って、そんな！　お礼だなんて‼」

慌てて首を横に振る。

「サハルの料理も美味《おい》しいけれど、ああいった家庭料理もいいね。久しぶりに食べたよ」

それは昔を懐《なつ》かしむような言い方だった。

――王子さまであるユリウス殿下が、家庭料理を食べていた？

「でも、皆には僕の我儘《わがまま》で気を遣わせてしまったからね」

「そんなことないです！　皆、あの日から暇さえあれば『殿下は食べる姿までお美しかった』だの、『人間とは思えないくらい良い香りがした』だの、『俺たち使用人の話もきちんと聞いてくださる』だのと口々に褒めちぎって、まるで自慢大会みたいになってますから！」

殿下の申し訳なさそうな表情にキュンとした私は、彼の気持ちを軽くしようと、ひと息で言い切った。

そのあとで、「余計なことを言ったかな？」とハッとしたのだが……もう遅い。一度口から出て行った言葉は、戻ってこないのだ。

殿下は私の勢いに一瞬たじろいだものの、声を上げて笑い出した。

「まさか、そんなことを言われているとはね。思ってもみなかったよ」

「も、申し訳ありません。余計なことを言ってしまって……」

「いや、嬉しいよ。ありがとう。……それに、君がこうして普通に話してくれると、昔に戻ったみたいでいいね」

殿下の言う昔とは、出会った頃という意味だろう。つまり私は今、相当失礼な態度をとっていたということだ。

「申し訳ありません……」

私は度重《たびかさ》なる失態に、冷や汗をかく。

──ヤバい。魔王城なら鞭《むち》打ちものだわ……

だが、殿下は楽しそうに笑ったままだった。

「アリーシアは謝ってばかりだね」

「はっ！　も、申し訳──」

謝ってばかりだと言われたそばから、また謝りかけて慌てて口を噤《つぐ》む。

すると、殿下は苦笑した。

「そんなに気にしなくていいよ。何しろ、僕たちの出会いが出会いだったからね。今更かしこまった態度をとられても、最初の印象は変わらないさ」

殿下の私に対する最初の印象って……あれか。茂みの近くでしゃがみ込む不審者。そして恐れ多くも殿下に荷物を取らせたあげく、怪我までさせた不届《ふとど》き者。

……最悪な使用人だな、私。

「何を思い出してるのかわからないけど、僕にとっては新鮮で面白い出会いだったよ」

思わず引きつった笑みを浮かべた私を見て、殿下が優しくフォローしてくれた。

・

本当に、絵に描いたような素敵な王子さまだ。

「そういえば、引き留めてすまなかったね。どこかへ行く途中だったんだろ？」

「あ、このお花を部屋に飾ろうと思って、置きに行くところです」

「へえ……可愛い花だね」

殿下は私が持つ花をじっと見ながら、低く呟いた。

――まさかシェフと同じく、花壇から毟《むし》ったとでも思ってる⁉

私は青くなった。

かつて妖精に転生したとき、森に咲く花を摘《つ》んでいたら、その花の蜜を主食とする妖精の縄張りに入り込んでしまって大変な目に遭った。

……あのときは痛かったなあ。知ってる？　妖精って可愛いだけではないんですよ。

殿下は蜜は吸わないと思うけど、庭の花は全て殿下の持ち物。その花を許可なく摘んだと見なされたら、より恐ろしいことが待っているのではないだろうか？

「違います！　庭師のおじいさんから頂きまして……」

「庭師のおじいさん？　ああ、ハンスじいさんか」

「名前は知りませんが、七十歳くらいで、最近雇《やと》われたって言ってました」

「それならハンスじいさんで間違いない」

どうやらあの庭師のおじいさんは、ハンスさんというらしい。

「何か手伝ってあげたのかい？」

頷いた私を見て、殿下は微笑んだ。

「アリーシアは優しい人だね」

「……優しくなんかありませんよ」

それどころか、元は最低最悪の傲慢女だ。私は自嘲気味に言う。

「そうかな？　自分には関係ないことでも、他人のためにあれこれ知恵を絞ったり、時間を割《さ》いたりしてあげてるじゃないか。それなのに恩着せがましくもない。僕には十分優しくて素敵な女性だと思えるけど？」

面と向かって素敵な女性と言われて、頬が熱くなる。

——今日はお酒のせいにはできないなあ。

「おっと、また話し込んでしまったね。よければこのまま話しながら歩こう。アリーシアの部屋に行くんだよね？」

「は、はい」

断るのは惜しい気がして、私は殿下の横に並んで歩き始める。

レヴェリッジさんに見られたら、またお説教されそうだが、それでもいいような気がした。

殿下との会話を楽しみつつ歩いていたら、あっという間に部屋についてしまった。

「ここ？」

「はい。花を置いて来ますね」

私は部屋に入ると、共同で使っている小さなチェストの上に花を置いた。

質素なメイド部屋を物珍しそうに眺めている殿下を見て、私は先ほど抱いた疑問を思い出す。

そして、思いきって尋ねることにした。

「あの……」

「何だい？」

「先ほど、家庭料理を懐《なつ》かしいと仰《おっしゃ》ってましたよね。殿下みたいに高貴な方が、ああいった料理を召し上がっていたんですか？」

私が作った料理は多少は豪華版だったとはいえ、庶民の味だ。間違ってもお城のシェフが作るようなものではない。

「ああ、あるよ……といっても、随分と昔のことだけどね。母上がまだ生きておられた頃、侍女の目を盗んで作ってくれたんだ。僕も兄上も『美味《おい》しい！』って言って、何杯もおかわりしたものさ」

普段から笑っていることの多い殿下だが、このときの表情を、私は一生忘れることができないだろう。そう思ってしまうほどに、切ない笑みだった。

「お母上さまって……王妃陛下が料理をなさっていたんですか？」

高貴な女性は自ら厨房《キッチン》に立ったりしない。そういったことは全て使用人の仕事だ。

だからこそ私は、殿下の言葉にとても驚いた。

「ああ。母上は少々変わっておられてね……僕も幼い頃は、よく母上と一緒に厨房に忍び込んだものだ。子供の僕にとって、厨房での出来事は魔法のようだったよ。何の変哲もない白い粉が、甘い焼き菓子に変わるんだからね」

　思い出話をしながら、殿下は小さく笑う。

「当時のシェフには初めこそ困った顔をされた。けれど、二度三度と繰り返すうちに、『長年各地の城でシェフをしてきましたが、あなた方ほど料理の上手な貴族は見たことがありません』って褒められたよ」

「え？　まさか殿下もお料理をなさるんですか？」

　私の問いに、殿下はまた笑ってみせる。

「ま、手伝う程度だけどね……」

　たとえ手伝うだけだとしても、料理人以外の男性が料理するなど、この国ではありえない。しかも、王族が料理をするなんて。

　他の王族の人たちは、包丁を握るどころか、厨房に入ったことすらないだろう。

　……殿下って、使用人に対する態度といい、枠にとらわれない考え方といい、まさに私の理想とする貴族……いや、人間だ。

「だから君が作った料理は懐かしい味で、一口食べるごとに心が温かくなった。またああいう機会があれば、呼んでくれるかい？」

　こんな説明をされたあとで、嫌ですとは言えない。というか、殿下の頼みを断るなんて元から無理な話だが。

「いつになるかわかりませんが、それでもよろしければ、是非」

「ありがとう。楽しみだ」

「……あっ、申し訳ございません。そろそろ仕事に戻りますね！」

かなり長い時間話し込んでしまったので、シェフが怒っているかもしれない。

「仕方ない。仕事の邪魔はできないからね」

そう言って立ち上がった殿下に向かって、私は深くお辞儀した。だが、殿下は扉の前まで歩いて行ったものの、一向に出て行く気配がない。

どうしたのだろう？　と思って顔を上げると、殿下は扉の取っ手を握ったまま立っていた。そして私と目が合うなり、口を開く。

「……アリーシアを引き留めてしまったのは僕だから、サハルには僕から話しておこうか？」

私は首をぶんぶんと横に振る。

「いえいえいえいえ、そのお気持ちだけで十分です！」

殿下にそんなことをさせたら、皆の注目を浴びてしまう。平穏な人生を送るには、目立たないことが一番だ。それでなくとも最近身辺が少し騒がしいのに。

「そうかい？　まあ、歩きながら話そう。どんどん遅くなってしまうからね。行くよ」

「は、はい」

私は慌てて扉へ向かう。話すだけならまだしも、恐れ多くも殿下に扉を押さえさせるなんて。レヴェリッジさんに見つかったら間違いなく首が飛ぶ。

誰かに見られる前にと、私は急いで部屋から出たのだった。

何度も「いいからお戻り下さい」と言ったのに、殿下は結局厨房《キッチン》までついて来た。

こういったところは、さすが王族。押しが強い。

殿下が宣言通りシェフに事情を説明してくれたため、私は怒られずに済んだ。

しかしその代わり、殿下を探しに来ていたレヴェリッジさんから、ひと睨《にら》みされたのである。

更にこのあと数日間、メイド仲間たちから「殿下とどこで会ったの?」とか、「どんな話をしたの?」とか、質問攻めに遭ってしまった。

殿下と話をするのは楽しいが、今後は気を付けようと改めて思う。

8　似てない兄弟

ケールベルグ城が俄《にわ》かに慌ただしくなったのは、王城に天藍《ティエンラン》からの使者が来る日のひと月ほど前のことだった。

もちろん歓迎式典にはユリウス殿下も出席する。数日後には王城に向かって出発する殿下のため、ケールベルグ城ではその旅支度《たびじたく》が進められていた。

そんな中、殿下の兄上であるイザーク王太子殿下が、何の前触れもなく来訪されたのだ。

「くそう……来るなら来るで、前もって連絡しやがれってんだ」

シェフが険《けわ》しい顔で悪態をつきながらも、手際よく料理を完成させていく。それに伴《ともな》い次々と運ばれてくる洗い物を、私は必死で洗い続けた。

急な来訪に慌てたのは、私たち厨房の者だけではない。当然ハウスメイドたちは貴賓室《きひんしつ》の準備に追われたし、執事のレヴェリッジさんも銀器のメンテナンスに追われた。


「あー、なんとか終わったな……」

精も根も尽き果てたシェフが、厨房にある椅子の上でダラリとしている。

「飯《めし》にするぞ……」

そのシェフの言葉を聞いて、皆が疲れた身体を引きずりぞろぞろと食堂へ移動した。

食堂に入った私は目を丸くした。他の皆も驚いている。

使用人が使う無骨で味気ないテーブルの上に、不釣り合いなほど豪華な料理の数々が並んでいたからだ。

「シェフ、今日は随分と豪華ですね？」

私の質問に、シェフは憮然《ぶぜん》として答える。

「本当なら殿下の夕食に使うはずだった食材で作ったからな」

「え？　いいんですか？」

シェフはため息を吐《つ》きながら頷いた。

「いくら殿下の食事用とはいえ、どれも特別な食材じゃない。賓客《ひんきゃく》である王太子殿下にそんなものを出すわけにはいかないからな……俺らの夕食に使わせてもらうことにしたんだ。腐らせて捨てるよりはマシだろう」

「それは仕方ないですね」

そうだ、これは仕方のないことなのだ！

「……アリーシア、顔がにやけているぞ」

「す、すみません。つい……」

言葉とは裏腹に、頬が緩《ゆる》んでしまっていたようだ。

他の皆も、嬉しそうに席についている。

そしてシェフの合図で皆が一斉に料理に手を伸ばした。私ももちろん遠慮などするはずがなく、大きい肉の塊《かたまり》に素早くフォークを突き刺す。

こういったものは早い者勝ちだ。サバイバルだ。

——結論を言えば、今日の夕食は一日の疲れが吹き飛ぶくらい美味《おい》しかった。うまー。


イザーク王太子殿下の、突然の来訪から三日。

彼はまだこの城にいるはずだが、姿はもちろん見たことがない。おそらく下級使用人の私には、見る機会はないだろう。普通の王族は厨房《キッチン》になど来ないし、庭師の真似事もしない。ユリウス殿下が変わっているのだ。

でもハウスメイドであるアンバーは、一度その姿を見かけたらしい。昼食時、彼女は興奮しながら厨房までやって来た。

「アリーシア、聞いて聞いて！」

「何？」

「私、イザーク殿下のお姿を見ちゃったの！」

その言葉を聞いたメイドたちが、興味津々といった様子で近づいてくる。

「どんな方だった？」

「やっぱり殿下に似ているの？」

「格好いい？」

皆でアンバーを取り囲み、質問攻めにしている。

「うーん、あんまり似てはいなかったわ……」

アンバーが首を傾げながら言うと、キッチンメイドの一人が更に尋ねる。

「何が似てないの？」

「雰囲気が全然違ったような気がするの……なんていうのかな、こう、堅物というか……あ！　レヴェリッジさんみたいな感じかしら！」

そのアンバーの言葉に、皆が顔を顰《しか》めた。

「それは微妙ね……」

「ええ。レヴェリッジさんも顔立ちはいいけど、あの生真面目《きまじめ》な雰囲気はいただけないわ……」

皆、レヴェリッジさんに対する評価は同じらしい。

「ユリウス殿下のお兄さまだから、てっきり気さくで明るい方かと思ってたのに……」

一人の意見に、うんうんと頷くメイドたち。

だが残念がる彼女たちに、アンバーは言った。

「でも、お顔立ちはユリウス殿下に似てらしたわよ。ただ、ユリウス殿下は赤髪に緑の瞳でしょ？イザーク殿下は金髪に青い瞳だったわ」

アンバーは、うっとりとした表情を浮かべる。そんな彼女の様子を見て、メイドの一人が尋ねる。

「そんなに素敵だったの？」

「そりゃあもう！　若い頃の国王陛下にそっくりよ。今の陛下も素敵だけど、もうおじさんだものね。早くイザーク殿下が即位なさらないかしら？　そうすれば、戴冠式《たいかんしき》の姿絵が売られるのに！」

アンバーは両手を胸に当て、微笑みながら言った。

「王妃さまもとびっきりの美人だったって言うし、そりゃお子さまである殿下たちだってお美しいに決まってるわよね……ユリウス殿下もすごくお綺麗だもの」

「そうそう、あの泣きボクロがなんとも言えず色っぽいわよね！　これまではほとんど見る機会がなかったけど、この前ご一緒に食事をさせていただいたときに、じっくり見ちゃった！」

キッチンメイドの一人が自慢げに言うと、アンバーは目を見開いた。

「ええっ！　何それ!?　ズルい！」

皆が「羨《うらや》ましいでしょう」と自慢しまくった結果、アンバーは拗《す》ねてしまった。

そんなとき、厨房《キッチン》に怒鳴り声が響く。

「お前ら、いい加減にしろ！」

確認するまでもない——シェフの雷が落ちたのだ。

話に熱中していて気が付かなかったが、とっくに昼休憩の時間は終わっていたようだ。

私たち厨房で働いている者にとっては、シェフの怒鳴り声はすでにBGMみたいなもの。けれど、ハウスメイドであるアンバーにとっては違うらしい。

彼女はビクリと身体を震わせたあと、真っ青になって固まった。

「無駄口を叩いてる暇があるなら、とっとと働け！　今日も忙しいんだ！」

と、追い打ちをかけるようなシェフの声。

「ひゃあああああい！」

……平然と各々《おのおの》の持ち場に戻る私たちとは異なり、シェフに耐性《たいせい》のないアンバーは変な叫び声を上げて走り去ってしまった。

そうか、あれが普通の反応なのね……

◇　◇　◇

その日の夜、私は殿下の部屋に呼び出された。

恐る恐る訪ねたそこは、別世界だった。

私たちの部屋とは、まるで違う。汚れ一つない綺麗な壁紙に、細部まで磨《みが》き込まれた家具。床に敷いてある絨毯《じゅうたん》でさえ、私たちの布団より肌触りがよさそうだ。

部屋の中には、殿下の他にもう一人の姿があった。見たことはないが、誰なのかは一目でわかる。——イザーク王太子殿下だ。

金の髪は丁寧にセットされ、薄青い瞳は冷たい印象を与える。優しそうなユリウス殿下と並んでいると、水と炎、あるいは月と太陽のようだ。

私が慌てて頭を下げたら、ユリウス殿下が申し訳なさそうに説明してくれた。

「やあ、すまない。楽にしてくれ。兄上が、どうしても君に会いたいと言ってきかなくてね」

「私に、ですか？」

戸惑う私を無視して、王太子殿下がユリウス殿下に話しかける。

「……普通の娘に見えるが、彼女が？」

その冷たくて硬質な声は、王太子殿下の見た目によく似合っていた。

「そうですよ。だから何度も言ったでしょう？　普通の女性だと」

「まあいい。メイド、名前は何と言ったか？」

「……アリーシア・オルフェと申します」

高慢な聞き方だが、これが普通の王族……いや貴族だ。侯爵令嬢時代の私だって、メイドの名前などいちいち覚えなかった。

「そうか、では単刀直入に言おう。——私の城で働かないか？」

「は？」

「兄上!!」

意味がわからず聞き直してしまった私の声と、ユリウス殿下の大声が重なる。

ユリウス殿下は、ひどく憤慨した様子だった。

「どういうことですか!? 僕はそんなこと聞いていませんが」

「……メイドの代わりなど、いくらでもいるだろう。何なら私の城にいるメイドの中から選ばせてやってもいい」

その言葉に、なぜか胸がちくりと痛んだ。

「アリーシアは、どこにも行かせません。ですので代わりなど結構！ 大体彼女は物ではない！」

剣呑《けんのん》な表情で王太子殿下を睨《にら》みつけるユリウス殿下を見て、私は無意識のうちに握りしめていた手の力をゆっくりと抜く。胸の痛みも、いつの間にか消えていた。

そんな私とは違い、目の前の二人は依然として険悪な雰囲気だ。

私は恐る恐る口を開く。

「畏《おそ》れながら申し上げます」

「どうした？ 私の城へ来る気になったか？」

冷たい瞳で一瞥《いちべつ》された私は、ごくりと唾《つば》を呑み込んだ。

元が侯爵令嬢とはいえ、今の私にとっては王族なんて雲の上の存在だ。

ユリウス殿下がとても気さくな方なのでこれまで意識せずに済んだものの、こうしたいかにも王族らしい方を前にすると、ひどく委縮《いしゅく》してしまう。

――って、そんな人のところで働きたくない！

私は覚悟を決めた。

「王太子殿下のお言葉は、この身に余る光栄……しかし、私はユリウス殿下を敬愛しております。可能な限り長く、ユリウス殿下にお仕えすると決めているのです」

「……つまり、私の話を断ると？」

高圧的な視線を向けられ、私はグッと詰まる。それを見たユリウス殿下が、まるで私を庇《かば》うかのように前に進み出た。

私はホッと息を吐《つ》き、ユリウス殿下を見上げる。

「アリーシア、急に呼びつけてすまなかったね。もう部屋に戻っていいよ」

ユリウス殿下は険《けわ》しかった表情を緩《ゆる》め、優しく笑いかけてくれた。

だが、王太子殿下も黙っていない。

「駄目だ。メイド……もう一度チャンスを与えてやろう。私の城に来るのなら、スカラリーメイドなどではなく研究者のポジションを用意してやる」

その言葉を聞いて、メイドではなく、発明家としての私を手に入れようとしているのだと、ようやくわかった。

「王太子殿下は、私のことをご存じで？」

「ああ。聞くところによれば、色々と便利な物を発明しているとか……私の他にお前を引き抜こうとした者はいなかったのか？」

自分から尋ねておきながら、私はもはやその言葉を聞いていなかった。

善行を積もうと思って人助けをしてきた結果が、これではあんまりだ。

——ユリウス殿下の傍《そば》を離れたくない！

そんな思いが頭と心を支配していた。

私は王太子殿下に見えないよう、ユリウス殿下の陰で小さく首を横に振り続ける。

嫌だ……嫌……

ユリウス殿下が私をチラリと振り返り、大丈夫だと言わんばかりに頭を軽く撫でてくれた。そして王太子殿下の方に向き直る。

「兄上！　彼女はもう断ったはずだ」

「ユリウス……国に利益を生み出せるほどの発明を趣味の域で終わらせるのはどれだけの損失か、わかっているのか？」

「だからと言って、権力を振りかざして無理強《むりじ》いすべきではない！」

強い口調で王太子殿下に反論したユリウス殿下は、私の肩をそっと抱いて廊下へ連れ出す。

王太子殿下に逆らってまで、庇《かば》ってくれた……？

安堵すると同時にユリウス殿下の優しさを感じ、私はポーッとしていた。

「すまなかった。兄があんなことを言い出すとは思っていなかったんだ。あとは僕が何とかするから部屋に戻って休んでくれ」

部屋にいる王太子殿下に聞かれないためだろうが、耳に唇が触れそうなほど近くで囁《ささや》かれ、私の胸が激しく鳴り出した。

「は、はい。失礼いたします」

妙に上擦《うわず》った声で返事をしたあと、俯《うつむ》いたまま小走りで去る。

部屋に戻ってから鏡で見た自分の顔は、想像以上に真っ赤だった。

◇　◇　◇

その後、王太子殿下との接触はなかった。そして王太子殿下の来訪から六日目の今日、ユリウス殿下は王太子殿下と一緒に王都へ向かわれた。

どうやら王太子殿下は、視察先から王都へ戻る途中だったらしい。どうせなら一緒に行こうと殿下を誘うために立ち寄ったようだ。

ケールベルグ領から王都までは馬で十三日ほどかかるため、王城に滞在するのがたったの数日間だとしても、ユリウス殿下はひと月ほど戻ってこられない。

その間はレヴェリッジさんが領内の管理を任されているので、いつも以上に忙しそうにしていた。

一方、私たちメイドの仕事はぐんと減った。その中でも特に私の配属先である厨房《キッチン》の仕事は目に見えて減っている。

何しろ訪問客がいない上に、晩餐会《ばんさんかい》やパーティーといったごちそうを必要とする催《もよお》しも一切ない。

それに多くの騎士が護衛として殿下に同行しているため、普通の食事をする者の数も少ないのだ。

先日、王太子殿下のアポなしの来訪で死ぬほど忙しかったこともあり、すごくありがたい。

私は一人椅子に腰掛け、ぼんやりと宙を見つめていた。

「アリーシア、大丈夫か？　……うおっ！　なんだそのクマは⁉」

声をかけてきたのはシェフだった。どうやら私の目の下にできた濃いクマを見て驚いたらしい。

「実はここ三日ほど、徹夜続きでして……」

「三日？」

シェフは首を傾げる。

「確かにイザーク王太子殿下の来訪で忙しかったとはいえ、寝る間もないほどだったか？」

「いえ……依頼品を作っていたので……」

以前、騎士のアベーユ副団長から依頼されていた衣装にかかりきりだったのだ。飾りボタンも自分で紐を編んで作ったし、剣に着ける房飾りも作った。

とはいえ時間に余裕を持っていたはずなのに、非常事態のせいでギリギリになってしまったのだ。

だが出立前日の夜、できあがった服を手渡したときの副団長の嬉しそうな表情を見たら、疲れも吹っ飛んだ……気がした。

そして今朝、眠い目をこすりながらユリウス殿下の出立を見送った。王太子殿下もご一緒ということで、下級使用人の私は陰からこっそり見ることしかできない。

涼やかな顔で白馬に乗っている王太子殿下には、二度と来るなと念を送る。そしていつになくキリッとした表情で白馬に跨《また》がるユリウス殿下の、旅の安全を祈った。

そのユリウス殿下の左斜め後ろに、黒馬に乗る副団長の姿を見つけたのだ。

どうか剣舞が成功しますように……

私は声なきエールを送った。結果を見届けられないのは残念だが、仕方ない。

大勢の騎士や従者に囲まれながら城を離れていくユリウス殿下。その背を見送っていたら、なんだか空虚な気持ちになる。彼らは一生脇役である私とは違う世界の人たちだと、知らしめられた気分だった。

そう。私のことを友と呼び、気さくに接してくれていても、殿下は別世界の人なのだ。

その場面を思い出し、複雑な気持ちでいたら、シェフが私の頭を軽く撫でてくれた。

「……今日は特別に休みをやろう。お前はここで働き始めてから、ほとんど休んだことがないだろ？」

「いいんですか？」

休み――。身も心も疲れた私が、その甘美な響きに逆らえるはずもない。

「ああ。たまにはゆっくりしろ」

「ありがとうございます！」

そう言って私が向かった先がベッドであることは、言うまでもないだろう。

9　殿下と土産と副団長

ひと月後、殿下に同行した者たちの約半数が城に戻ってきた。

彼ら曰《いわ》く、殿下は国王陛下に引き留められているらしい。何でも国王陛下は、亡き王妃さまによく似た末の王子——ユリウス殿下をひどく溺愛《できあい》なさっているとか。

愛人を作っておいて、何だかなあ……という気もしないではないが、きっと色々複雑な事情があるのだろう。


ある夜、私は普段もつれっぱなしの髪をブラシで梳《と》かしていた。

随分伸びたものだ。いつもならこんな手入れなどせず一秒でも早く床に就《つ》くため、気が付かなかった。

思えば、村を出てから十ヶ月……もうそんなに経つのか。

そんなことを考えながら、母譲《ゆず》りの緩《ゆる》い巻き髪をブラッシングする。真っ直ぐでサラサラな髪に憧《あこが》れもするが、これはこれで楽なので良しとする。直毛《ちょくもう》だと、寝癖が目立ちそうだからだ。

念入りにブラッシングしていたら、アンバーが興奮気味に話しかけてきた。

「ねえ！　聞いた？　すごかったらしいよ‼」

その声に何事かと振り返ると、彼女は頬を薔薇《ばら》色に染めていた。

「すごかったって何が？」

「副団長のアベーユさまが披露した舞が、すっごく格好良かったって噂《うわさ》になってるのに、知らないの？」

アンバーの言葉で副団長が無事大役を果たしたことを知り、私は胸を撫で下ろした。服を渡すのが出立直前になってしまったため、不具合がないか少し不安だったのだ。

「副団長が……そっか、上手くいったんだ……」

「えっ？　まさかアリーシアって、アベーユさまとお知り合いなの？」

「……まあね」

詳しく話すことはなんとなく憚《はばか》られたため、曖昧《あいまい》に微笑むだけにとどめておく。

「私たちみたいなメイドがどうやったら騎士団の副団長なんかと知り合えるのか、教えてもらいたいところだけど……ま、アリーシアならありえるよね。だってユリウス殿下ともかなり親しいみたいだもの」

アンバーはそこで一旦口を閉ざし、にやりと笑ってみせた。

「何の話？」

「ちょっと前の話だけどさ、ユリウス殿下に厨房までエスコートしてもらったんでしょ？　しかも『僕がアリーシアを引き留めたんだ。叱らないでやってくれ』ってシェフ相手に庇《かば》ってくれたらしいじゃん」

事実とはかなり違っているが、噂《うわさ》とはこんなものだろう。

そう思いつつも、一応訂正しておく。

「たまたま廊下でお会いして話していたら長くなっちゃったから、説明してくれただけよ」

だが私の言葉を信じていないのか、アンバーはふうんと口を尖《とが》らせた。

「それよりアンバー、副団長の話、詳しく聞かせて？」

話を逸《そ》らすつもりはないが、今はそっちが気になる。

「そうそう！　異国の服に身を包んで舞う姿は本当に見事で、目が離せなかったらしいよ！　王城で働いているメイドは見ることができたんだって！　羨ましいなあ……私も見たかったよー。ここでもやってくれないかなあ……」

はしゃいだかと思えば落ち込んだりと、表情をくるくる変えるアンバー。

「そっかあ……そんなに素敵だったんだ……私も見てみたかったなあ」

「ね！　見たいよね！　……って、私たちがいくら言ったところで無駄だけどさ」

しょんぼりと肩を落として、アンバーは自分のベッドに戻っていく。

実際に舞うところは見られなかったが、上手く言ったと聞いて安心した。おかげでその日はいい気分でぐっすり眠ることができた。

——しかしその数日後、少し厄介なことに巻き込まれてしまう。

「アリーシア、これを」

後日、殿下と共に王城から戻ってきた副団長が厨房《キッチン》を訪ねてきた。裏口に向かった私は、そこで待っていた副団長から、ピンクと黄色の花束《ブーケ》を渡されたのだ。

「え？　お花ですか？」

「ああ。あと……これも」

更に、可愛らしいリボンのついた小さな箱を手渡される。

「これは？」

「王都の土産《みやげ》だ。女性にこういった贈り物をするのは初めてで、気に入ってもらえるかどうかわからないが……よければ使ってくれ」

声音《こわね》はいつもと変わらないものの、よく見ると副団長の目元が少し赤い。照れているのだろう。

「開けてもいいですか？」

副団長が頷いたのを見て、私はその小さな箱を開けた。

「うわあ、綺麗……」

中から出てきたのは、手のひらにすっぽり収まるほどの大きさの青い髪飾りだった。太陽の光を浴びてキラキラと輝いている。

「店主には指……いや、装飾品を薦《すす》められたんだが、仕事をするとき邪魔になるだろう？」

副団長は慌てて言い直したが、指輪を薦められたのだとわかった。けれど、指輪はさすがにマズイと思って買わなかったのだろう。

当然だ。指輪はこの世界でも愛の証《あかし》として贈る物だから、そんなものを贈られたら誤解しちゃう。ただの知り合いにお土産としてあげていい物ではない。

「ありがとうございます！」

私は一つに纏《まと》めていた髪を解《ほど》いて手で梳《と》かしたあと、髪飾りを使ってハーフアップにしてみせた。

「どうですか？」

「……よく似合っている」

「ありがとうございます。でも、こんな素敵なもの、いいんですか？」

すでに髪につけてしまったが、一応聞いておく。

「ああ。随分と世話になったから、当然の礼だ。おかげで陛下からお褒めの言葉を賜《たまわ》ったよ。アリーシアが協力してくれていなければ、無様《ぶざま》な姿を晒《さら》すところだった。感謝している」

「……噂《うわさ》に聞きました。すごく素敵だったって」

私が褒めると、副団長は耳まで赤くなる。

「そんなことはない。皆、物珍しかったからそう言っているだけだろう」

「でも、私も見てみたかったです」

私の言葉を聞いて、副団長は少し困ったような笑みを浮かべる。

「ああ！　別に強請《ねだ》っているわけじゃないんで。申し訳ありません」

「いや――」

副団長が何か言いかけたとき、シェフが私を呼ぶ声が聞こえた。

「アリーシア！　いつまでも油売ってんじゃねえ！　もう殿下も戻られて、いつも通りの忙しさなんだぞ！　いつまで休み気分を引きずってんだ！」

「今行きます！」

反射的に背筋をビシッと伸ばして返事をする。そんな私を見て、副団長は口にしかけていた言葉を呑み込んでしまった。

「……す、すみませんが、仕事に戻りますね。これ、ありがとうございました」

そう言って、髪につけた髪飾りとブーケを見せる。

お辞儀して踵《きびす》を返そうとしたら、焦ったような声で引き留められた。

「待ってくれ！」

「まだ何か？」

「色々と世話になった。ありがとう。衣装の細部にまでこだわって……剣にも飾りを付けてくれただろう？　天藍《テイエンラン》の使者殿から見事な細工《さいく》だと褒められた」

「私が頼まれてもいないことを勝手にしただけですから。でも喜んでいただけたのなら、良かったです」

前世で服飾デザイナーやらお針子やらの経験があるといっても、今は素人《しろうと》。それに今回は副団長の名誉のために殿下には内緒で進めていたので、素材も自腹を切って買ったり友達のメイドに分けてもらったりした。

そんな寄せ集めで作ったものだが、認めてもらえて素直に嬉しいと感じる。

「メイドの仕事をこなしながら作るのは大変だったはずだ。なのにその礼が……その、つまらない物ですまない」

「そんな！　わざわざ私のために選んでくださったんですよね？　その気持ちが一番嬉しいです」

お互いに褒め合いながら照れていると、シェフのマジギレ五秒前の怒声が響く。

「アリーシア！　早く戻れ！」

これ以上話していると、げんこつどころじゃ済まないだろう。

「じゃ、失礼します。ありがとうございました」

そう言って副団長と別れ、厨房《キッチン》へと戻った。


そのあと私はシェフの怒りが収まるのを見計らい、厨房を出る許可をもらった。

というのも副団長から渡された花束《ブーケ》は、厨房に置いておくには少々邪魔な大きさだったからだ。

「すぐに戻れよ」

まだご機嫌が斜めのシェフに言われて、私は自分の部屋へと急ぐ。複雑な迷路のような使用人通路も慣れたもの。私は脇目も振らずに歩き続けた。

そのとき、通り過ぎたばかりの脇道から自分を呼ぶ声がした。

「アリーシア？」

聞き覚えのある声に振り返ると、そこにはなんと殿下の姿が。

にこやかに微笑みながら、私に向かって片手を上げている。

「殿下！」

近づいてきた殿下は、私の手の中にある花束をチラリと見た。

「偶然だね。……その花束を、部屋に持って行くところかい？」

一度同じようなシチュエーションで会ったことがあるから、私が花を部屋に置きに行く途中だとわかったのだろう。

本当に殿下は私――というよりも花に縁《えん》がある人だ。

出会ったのはラズベリーの花の傍《そば》だったし、そのあと殿下が育てているという赤い花の前でも会った。いや、その前に庭師のハンスじいさんから花をもらった直後も、ばったり会ったっけ。さすが趣味は庭いじりと言っているだけのことはある。

それに殿下自体が華《はな》のある人だから、「実は花の精霊なんだ」ってカムアウトされても驚かないかも。実際、前世では花の精霊にも会ったことあるし……

「それにしても、君は随分とモテるんだね……以前花を贈ってきたのとは違う者からだろう？」

「わかるんですか？」

花束に名前が書いてあるわけでもないのに、どうしてわかるのかな？　やっぱり殿下は花の精霊に違いない。

「まあね。以前持っていた花は一輪だけだったが、なかなか手に入らない貴重なものだ。花が完全には開いていなかったのも、長く楽しめるようにという気遣いからだろう」

確かにもらった翌日が一番美しかった。実に庭師らしい、粋《いき》なはからいである。

「一方、今日の花は可愛らしくて君に似合っているが、ありふれた種類のものだ。それにもう花が開ききっている。とても同一人物からの贈り物とは思えないね」

殿下の護衛をしている最中に花を買うわけにはいかないから、副団長はきっと昨日の夜か今日の早朝に買ったのだろう。

それにしても、花束一つでそこまで推測するとは……

思わず感心していたら、殿下が指で私の髪先をそっと触った。

「髪、いつもと違うね。今日は結んでいないんだ？」

「はい……その、王都のお土産に髪飾りをいただきまして」

「ふうん、メーア石《いし》か……なかなかやるね」

「は？」

殿下の言葉に首を傾げる。

「この石の名前だよ。別名『海の宝石』とも言われているんだ」

「そうなんですか……」

確かに青くて綺麗だとは思ったが、まさか宝石だったなんて。そんな高そうなもの、もらってよかったのかな。

すると殿下が、まるで私の心の内を読んだかのような台詞《せりふ》を口にした。

「別に心配しなくてもいいと思うよ。その髪飾りは君によく似合っている。贈り主が君のために選んで買ったものなんだろう」

「そうですよね……ありがたく頂戴しておきます」

今更突っ返されても困るだろうし、と思ってそう言ったら、殿下がなぜかにっこり微笑む。

「じゃあ、僕からの贈り物も受け取ってくれるよね？」

「へ？」

事態を呑み込めずにいる間に、殿下から包みを渡され、思わず受け取ってしまった。

「い、頂けません！」

慌てて返そうとしたが、殿下は受け取ってくれない。

「僕もアリーシアにと思って買って来たんだけど？」

「え、私に……ですか？」

「ああ。君のために買った贈り物だ。受け取ってもらえないなら、捨てるしかないな……」

ひどく残念そうに言う殿下。言葉に詰まった私に、彼は笑顔を向けてくる。

「ほら、開けてごらん？」

「は、はい」

殿下に急かされるようにして包みを開けた。すると暗い場所であるにもかかわらず、なぜかキラキラと輝く小さな石のネックレスが現れる。

「綺麗……」

思わず感想を漏らすと、殿下はとても嬉しそうに笑った。

「指輪やブレスレットは君の仕事の邪魔になると思うけど、ネックレスなら大丈夫だろう？　それにほら、ここに虹色光石《にじいろこうせき》がついているんだ」

「虹色光石、ですか？」

馴染《なじ》みのない名前に首を傾げると、殿下が説明してくれた。

「陽に当たると虹色に光る宝石のことだよ。ローゼンベルグの特産品だ。中でもこれは少し変わっていて、陽を当てなくても石自体が発光するタイプなんだ」

殿下は説明しながら、小さな石を綺麗な指先でつついて揺らす。

「気に入ってくれた？」

「はい！　あっ、でも……」

珍しいタイプってことは、つまり希少品ってことですよね？　すごくお高いんじゃ……

「『でも』は無しだよ。これを見てたら、なぜかわからないけどアリーシアを思い出してね。それに虹色光石は閃《ひらめ》きをもたらしてくれるらしいから、発明家の君にぴったりだ」

そう言って私の手からネックレスを取り上げ、そっと首につけてくれた。

た、たかがメイドにやりすぎですって!!

きっと今の私は、火が出そうなほど赤い顔をしていると思う。

通路が暗くて良かった……

何度も転生を繰り返してきたが、多くの場合は生きるのに必死で恋愛とは無縁だった。たまに恋愛できたとしても、相手は普通の男性。こんな身分が高くて素敵な男性に贈り物をされるなんて、侯爵令嬢だったとき以来だ。

もう叶わないだろうと思いつつも、女としてこういうシチュエーションにずっと憧《あこが》れていた。だが、まさか王子さまからこのようなことをされるとは……今回の人生は、なんて幸せなのだろう!!　魔王さまに蹴られたり殴られたり縛られたりしても、必死に耐えて生き抜いたご褒美《ほうび》？　だとしても豪華すぎませんか？　帳尻合わせで、来世はまた虫に転生とか勘弁してくださいね。

「うん、よく似合う」

「あ、ありがとうございます」

恥ずかしくて殿下の顔を見られないため、メイド服の上でやたらと存在感を放つ石を見つめたま ま、お礼を言った。

「すれ違いにならなくて良かったよ」

「えっ？　もしかして、このためにわざわざ来てくださったんですか？」

私の問いに、殿下はただ笑って頷くだけだった。

使用人通路を使うはずのない殿下とばったりと出くわしたのは、そういうわけだったのか。と、一人納得する私だった。

10　広まる噂《うわさ》と真実

王太子殿下の言っていた通り、『発明家』としての私の噂は、領外にまで広まりつつある。

だがケールベルグ城内においては、その噂はすでに古い。

今、城内の使用人たちの間で一番注目されている噂といえば——ある人物と私のロマンスだった。

ドライフルーツの入ったパウンドケーキを私に手渡してくるのは、ユリウス殿下直属の騎士団で副団長を務めるロイ・アベーユさまである。

「アリーシア、これを……」

あの日、彼からお礼の髪飾りをもらった時点では、もう彼と会うこともないだろうと思っていた。だが、あれから三ヶ月が経過した今も、週に一度のペースで厨房《キッチン》を訪ねて来ては、何かしらくれるのだ。

初めこそ嬉しかったものの、こうも色々もらってしまうと、申し訳なく思うと同時に不安になる。次は一体何を頼まれるのだろうか、と。

「副団長、本当にもう結構ですので……」

毎回こうしてやんわり断るのだが、副団長は決して引き下がらない。

「俺が渡したくて渡しているだけだ……それにスカラリーメイドは過酷な仕事だと聞いた。そんなに細くては倒れてしまうぞ。もっと食べて体力をつけろ」

「ちゃんと食べてますから！」

シェフは私たち使用人にも、きちんと栄養バランスを考えたメニューを作ってくれているのに！栄養が足りてないみたいな言い方をされると、上司を馬鹿にされた気がして少し悔しい。

「ともかく！　本当にもう結構です。副団長のお気持ちは十分伝わりましたから」

私が強めに言ったせいか、副団長は少し悲しそうな顔をした。

「……迷惑だったか？　すまない」

「いいえ、迷惑だなんて！　すごく嬉しいです。でも、たかが一度お手伝いしただけであれこれ贈っていただくのは、正直言って心苦しいんです」

何事も度を越えると良くない。それを身をもって知った。

「俺が勝手にしているだけだから、どうか気にしないでくれ」

「でも――」

私と副団長がウダウダ話を続けていると、後ろから声をかけられた。

「はいはい、お二人さん。そのくらいにしてくれ。副団長、そろそろ戻った方がいいんじゃないか？　ほら、お前もさっさと戻れ」

シェフは私と副団長の間に身体を割り込ませると、私の肩を押して厨房の方へと押しやる。困っているのを見かねて助けてくれたのだろう。

「はい。では副団長、失礼します。……これ、ありがとうございました」

そう言って足早に持ち場へ向かっていたら、シェフの不機嫌そうな声が聞こえてきた。

「副団長、あいつを紹介した俺が言うのも何だが……あんまりちょっかいかけんのはやめてくれ。あんたたち二人が噂《うわさ》になってんの、知ってんだろ？」

話の内容に興味をひかれ、私は思わず足を止めた。

——そう、私の噂のお相手は、この副団長なのだ。

こちらを向いている副団長の死角に入って、盗み聞きさせてもらう。

「……噂？」

副団長は知らないみたいだ。騎士団までは噂が届いていないのだろうか？

「ああ。あんたがいつもアリーシアに贈り物をして、気を引こうとしてるってな。ちなみに、俺を含めて恋の三角関係とか言われてんだぞ？　知らないのか？」

三角関係と思われていることは私も初耳だった。噂は日々進化しているらしい。シェフも、とんだとばっちりだなあ。

「三角関係……」

険《けわ》しい顔で呟いた副団長に、シェフも負けじと言い返す。

「俺だってごめんだよ！　あんなちんちくりん」

これは心外だ。私の身長は百六十センチある。決して、ちんちくりんなどと言われるほど小さくはない。

まあ、シェフは百八十五センチはあるだろうから、彼から見ればちんちくりんなのかもしれないけど……

と、当の私でさえ納得しかけたシェフの言葉に、副団長は顔をいっそう険しくする。

「彼女を侮辱《ぶじょく》するのか？」

「おいおい、熱くなるなよ」

対するシェフも挑発的な言い方をした。

二人の間に緊迫した空気が流れる。それを三人のキッチンメイドたちが、野菜の皮をむきながらチラチラ見ているのに気が付いた。

普段お喋《しゃべ》りな彼女たちが黙り込んでいるところを見ると、二人の話に聞き耳を立てているに違いない。

――もしかして副団長とのやり取りを、いつもこうして見られてた!?

私が愕然《がくぜん》としている間に、二人の無意味な戦いは終わったようだ。副団長が裏口から立ち去ったあと、メイドたちは勢いよく喋り出した。

「きゃあ！　見た？　シェフと副団長がアリーシアを取り合ってたわよ！」

「羨ましい！　『彼女を侮辱《ぶじょく》するのか？』だって！　私も一度でいいから、騎士さまにああして庇《かば》われてみたーい！」

「本当にね！　まるで劇の中で姫の名誉を守るために、決闘を申し込むシーンみたいだったわ！」

興奮して顔を赤らめながら三人で盛り上がっている。

実は副団長と噂《うわさ》になる前、メイドたちの間で、私と殿下の仲が噂になったこともある。

だが、『さすがにそれはない』という結論に達したらしく、噂はすぐに消えた。次は何かと話す機会の多いシェフと噂になり、近頃では副団長が私の恋のお相手とされている。

もちろんシェフも副団長も、私たちメイドから見れば身分はずっと上である。それなのに私と噂になった原因は、彼らの言動にあった。

シェフは口も態度も悪いので近寄りがたく、女性と仕事以外の話をしている姿などあまり見たことがない。だが私とは、あの湖の一件以来よく話をしている。副団長の方もストイックで女性を寄せつけないくせに、私にはしょっちゅう菓子を届けに来る。

……噂にならないはずがないだろう。

私への贈り物を持参する副団長と、それを追い返そうとするシェフ――もちろん、これは仕事の邪魔だからなのだが、恋愛フィルターがかかっているメイドたちの目には、そうは映らないらしい。とはいえ、今のところその噂による弊害《へいがい》はない。そのため私は放置しているのだった。

◇　◇　◇

「アリーシア・オルフェ、ユリウス殿下がお呼びです。ついて来なさい」

夜も遅い時間だというのに、しわ一つないテールコートを着たレヴェリッジさんが厳しい表情で私の部屋にやってきた。

そのとき私はベッドに寝転がり、アンバーから恋愛相談を受けていたところだった。

突然の呼び出しを怪訝《けげん》に思いながらも、寝巻きにガウンを羽織《はお》っただけの格好で、レヴェリッジさんについて行く。

呼び出しの理由も言わず、ただ黙々と歩くレヴェリッジさん。楽しい会話など最初から期待していないけれど、愛想というものはないのだろうか？

そんなことを考えているうちに、殿下の部屋の前に到着した。

「ユリウス殿下、レヴェリッジです」

レヴェリッジさんは軽くノックしたあと、慣れた様子で扉を開く。

「ああ、来たね。入って」

殿下は奥に置いてあるソファーから立ち上がり、私たちの方へと歩いてきた。私は躊躇《ためら》いつつも部屋に足を踏み入れる。

「そこの椅子に掛けて」

そう言われたが、殿下が立っているのに私だけ座るなんてことはできない。

どうしようかと思ってレヴェリッジさんを目で探したら、彼はすでに部屋の壁と同化していた。

これは殿下が呼びかけるまで動きそうにない。

「さあ、遠慮せずに座って」

再び殿下から椅子を勧められたため、「失礼します」と言って腰を下ろした。

「君も何か飲むかい？」

殿下が飲み物の入ったグラスを掲《かか》げて聞いてくるが、王族に手ずからお茶を淹《い》れてもらうわけにもいかない。

「いえ……」

「そう？」

私の向かいに座った殿下は、無言で私を見ながらグラスを一度、二度と傾けた。

……そんなに言いにくい内容なのだろうか？　もしかして……クビ、とか？

これまでの殿下に対する非礼の数々――怪我をさせたり、直接話しかけたり、ミントを探させたり、部屋や厨房《キッチン》まで送らせたり――を思い浮かべて、私は青くなる。

でも、さすがにクビなんて……

そう考えたとき、侯爵令嬢であった頃、自分の気まぐれで使用人をクビにしたことが何度もあるのを思い出す。

そうだ。強者はいつだって弱者を意のままに動かすことができるのだ。これは、どの世界においても不変の事実であった。

でも、ここを追い出されるのはかなり辛い。こんな好条件の職場はそうそうないだろう。何しろ衣食住が確保でき、給金がもらえ、更には私が作りたいものを作るための資金まで提供されるのだ。

それに、城の人たちも良い人たちばかりだった。

中でも殿下はとても素敵な――いや、素晴らしい人だ。

私は殿下の言葉をじっと待つ。すると彼はグラスをテーブルに置いた。ソファーの背もたれに身を預け、リラックスした様子で肘掛けに片肘をつく。

「アリーシア、こんな時間に呼び立ててすまないね。ここに来てもらったのは、少し確認しておきたいことがあるからなんだ」

「……何でしょうか？」

恐る恐る尋ねてみると、殿下は私がまったく予想していなかった質問を口にした。

「ロイ・アベーユ副団長とは、どういう関係なのかな？」

「副、団長ですか？　……え、その――」

ただのメイドにすぎない私が国王陛下の前で披露する舞の手伝いをしたなんて言えば、副団長の恥となるかもしれない。

「友人……です」

迷いに迷ったあげく、私はこう答えた。

しかし殿下は、その答えに納得できないらしい。

「友人？　信じがたいな」

「そ、そうですか？　でも、本当にそれ以上でもそれ以下でもないのですが……」

「随分、噂《うわさ》と違うね」

どうやら殿下も、例の三角関係の噂を耳にしたみたいだ。

「根も葉もない噂です！」

私はきっぱりと言い切った。

「では、シェフのサハルとも何も？」

「はい。噂になるようなことは何一つありません。彼は尊敬する上司です」

殿下は即答した私をしばし見つめ見たあと、静かに言う。

「アリーシア。この城では使用人同士の揉め事《トラブル》があった場合、厳重に処罰しているのは知っているね？」

「はい」

「揉め事というのに、色恋沙汰も含まれてるってことは？」

「……存じております」

多くの貴族の屋敷では、使用人同士の恋愛は禁止されている。オルフェ邸もそうだった。

「まあ厳密に言えば、副団長は使用人ではない。けれど僕にとって、とても身近で大事な存在なんだ。もちろん、シェフも君もね。僕はそんな君たちを失いたくないんだよ。わかってくれるね？」

にこやかに言う殿下の言葉に、私は神妙な面持ちで頷いた。

「はい」

「よかった。では説明してくれるかい？　ただの友人であるロイ・アベーユが、君にだけわざわざ王都の土産を買ってきたり、花や食べ物を贈ったりしているわけを」

どうやら髪飾りの贈り主が副団長であることも知られているようだ。

「そ、それは……」

しどろもどろになる私を見て、殿下は笑みを深め、低い声でゆっくりと言う。

「説明してくれるよね？」

いつもの爽《さわ》やかな殿下はどこへ行ったのだろう……殿下の黒い笑みを見た私は、副団長の面子《メンツ》よりも自分の保身を優先した。

――ごめんなさい、副団長！　でも魔王さまと同じ匂いがする今の殿下には、逆らえません！

このとき、私の中にあった『殿下は花の精霊さん説』は、綺麗さっぱり消えたのだった。

◇　◇　◇

「なるほどね……そういう事情があったのか」

私の説明を聞き終えた殿下は、納得したように何度も頷いた。

その表情は穏やかで、先ほどの黒い笑みは消え去っている。

「申し訳ございません」

私が頭を下げると、殿下が声を上げて笑った。

「アリーシア、君はいつも謝ってばかりだね」

「す、すみません」

「ほら、また！」

楽しそうに笑う殿下にかける言葉がなく、ただ黙って次の言葉を待つ。どうやら誤解が解けたようで一安心だ。

そう心の中で安堵していると、ようやく笑いを収めた殿下が「ところで」と話し始めた。

「アリーシアは、どうしてそんなに色々なことを知っているんだい？　天藍《ティエンラン》に行ったことがあるのかい？」

「……ありません」

ここで嘘をついてもすぐにバレるだろうから、正直に答える。

「そうか。それと……本名は『エマ・ブラウン』で間違いないかな？」

その言葉に、横っ面《つら》を叩かれたような衝撃を受けた。

「えっ？」

確かに応募書類にはエマ・ブラウンの経歴を書いたが、名前だけは『アリーシア・オルフェ』に変更したのに……

——まさか、素性を調べられた？

「領主の館《やかた》で働くとなれば、身元の調査はしっかりされるんだよ、アリーシア……それともエマと呼ぶべきかな？」

にこやかな表情の殿下とは対照的に、私の顔はひどくこわばっていることだろう。サーッと血の気が引くのを感じる。

「君のことも、もちろん調べたよ。一応、似顔絵を村の者たちに見せて確認したけど、名前以外の経歴に嘘はないようだね。たまにいるんだよね、他人の名前で応募する人……まあ、そのほとんどは脛《すね》に疵《きず》を持っているんだけど」

私は緊張のあまり乾いた唇を舐めた。

そんな私をよそに、殿下は話を続ける。

「エマ・ブラウンはこのケールベルグ領に来るまで、村から出たことがなかった。頭がずば抜けていいなんてこともなく、むしろ少し抜けていておっちょこちょいだったと、村の者たちから聞いている」

そこで殿下は一度話すのをやめ、ゆったりと足を組み替える。

「君は言ったよね。『石鹸の作り方は、馬車に乗り合わせた男から教えてもらった』と。『元から発明に興味があった』とも。家ではほとんど本を読んでいなかったという君が？」

殿下は柔和《にゅうわ》な笑みを引っ込め、厳しい視線を向けてくる。その威圧感に、私は少し怯《ひる》んだ。

すると殿下は表情を緩《ゆる》め、とんでもないことを言い出す。

「知っているかい？　この国では王族を謀《たばか》ると、理由は何であれ極刑に処される。このままだと拷《ごう》問《もん》も免《まぬか》れないだろうね」

「極刑、ですか……」

私は表情を変えることなく呟いた。

死は何度も経験したから慣れている。とはいえ、死ぬなら楽に死にたい。拷問《ごうもん》は嫌だ。何度経験しても痛いものは痛いのだ。

「おや？　あまり動じないね」

殿下は目を軽く見開き、酷薄《こくはく》な笑みを浮かべる。

わかった。これまでの人当たりのいい殿下は演技だったんだ！　本性はこれか！

やっぱり私の嗅覚は間違っていなかった。……全然嬉しくないけど。

そのとき、もうどうにでもなれという気分になった。

これまで真実を話して無事だった試しはないが、どうせ処刑されるのなら一緒だろう。頭のおかしな人として殺されるか、罪人として殺されるかの違いだけだ。

「慣れてますから」

開き直って堂々と告げた私の言葉に、殿下は首を傾げた。

「慣れているって、拷問にかい？　やはり僕たちが初めに疑っていたように、君は他国のスパイなのかな？」

経歴を調べたのなら、それはないとわかっているだろうに、性悪《しょうわる》殿下は笑いながら尋ねてくる。

「いえ、死ぬことにです」

私がそう言うと、殿下はハトが豆鉄砲を食らったような顔をした。

「……僕の聞き間違いかな？」

彼はにっこり笑って聞き返す。当たり前だ。常人には理解できない話なのだから。

「聞き間違いではありません。私は死ぬことに慣れているんです」

「……詳しく説明してくれる？」

笑いを引っ込め、真面目な顔で尋ねてくる殿下に、私はこれまでのことを全て話す覚悟を決めた。

「私の本当の名は、アリーシア・オルフェ。グラシア皇国という国で、侯爵家の長女として生まれました」

「グラシア皇国……？」

「知らなくて当然です。とりあえず、最後まで黙って聞いてください」

殿下に対してかなり失礼な物言いである。部屋の隅《すみ》にいるレヴェリッジさんの眉がピクリと動いたのが、視界の端に映った。どうせ死罪になるのだと思うと、気が大きくなるものだ。

「……いいだろう。続きを」

「傲慢で愚かな私は使用人のことを、自分と同じ人間だとは思わず虐待していました。それ以外にも、罪なき人を破滅させるような真似を……そのツケが回ってきたのだと思います。私は三十七歳で死にましたが、すぐに目を覚ましたのです。アリーシア・オルフェとしてではなく、見ず知らずの人間として。そのあとも、死んでは生まれ変わるのを繰り返しました。気が遠くなるくらい、何度も何度も……」

そこまで語ったところで、チラリと殿下を見る。彼は真剣な表情で私の言葉に耳を傾けてくれていた。

「転生する先は様々でした。物語世界のときもあれば、グラシア皇国のある世界に再び転生したこともあります。でもどこに転生しても、私はかつて自分が見下していた庶民か、あるいは動物や虫といった人間でないものとして目覚めたのです――」

自分の心情などは省《はぶ》いて、事実だけを話すよう心がける。やがてこれまでの経緯を説明し終えたとき、殿下がゆっくりと息を吐《は》き出した。

「信じていただけなくても構いません。これまで話した相手は誰一人として、信じてくれませんでしたから。ひどいときは、魔女だと言われて火あぶりにされたこともあります。ですが、これが真実なんです」

私は殿下の目をじっと見つめたまま、きっぱりと言う。

「今回も、死んだらまたすぐに目覚めるだけです。むしろ目覚めなければいいと思っていますが」

罰当《ばちあ》たりな言い草かもしれないが、私は他の人たちが恐れる『死』というものに憧《あこが》れさえ抱いているのだ。この気持ちを理解してくれるのは、かつてとある世界で出会った不老不死の魔術師たちや、私と同じ【転生者】くらいだろう。

「では、君の知識はこれまで経験したたくさんの人生の中で得たものだと？」

「はい」

「そうか……」

殿下はそう言って黙り込む。私の言葉を反芻《はんすう》しているように見えた。

二人とも無言のまま、数十分ほど経っただろうか？　いや、本当はそんなに経ってないのかもしれないが、ピリピリとした緊張感のせいでやたら長く感じた。

やがて考えをまとめ終えたらしい殿下が、ゆっくりと話し出す。

「……わかった。非常に信じがたい話ではあるが……天藍《ティエンラン》の服を見たこともないはずの君が、その形や作り方を知っていた。石鹸に関してもそうだ」

予想とは違う肯定的な言葉に、もしかして殿下は信じてくれたのだろうか？　と淡い期待を抱く。

「実は、同じようなことを話された方が他にもいる」

それを聞いて、私は息を呑んだ。

「だ、誰ですか？」

「……母上だ」

私は驚きを隠せなかった。自分と同じ【転生者】にはこれまで一度も会ったことがないし、そんな人がいるという話すら聞いたことがないからだ。

思わず期待に顔を輝かせると、殿下は困ったように眉を下げる。

「前に話したと思うけど……母上はすでに亡くなっている」

その言葉に、興奮していた気持ちが一気に冷めた。

そうだ……王妃陛下はすでに亡くなられている。本当に私と同じ【転生者】なのだとしても、すでに他の世界に転生しているだろう。

初めて見つけた自分以外の【転生者】と、じっくり話してみたいと思ったのだが……

「僕が幼少の頃、母上は厨房《キッチン》に忍び込んでは、僕と兄上に手料理を振る舞ってくださった。あるとき、ふと疑問に思ったんだ。料理などろくにしたことがないはずの母上が、妙に手馴《てな》れていることを。それについて尋ねた僕に、母上は自分は何度も生まれ変わっているのだと話してくださった」

そこで殿下は、ふっと表情を緩《ゆる》める。

「幼かった僕には意味がよくわからなかったし、意味がわかってからも母上の冗談だろうと思っていた。その後すっかり忘れていたが、アリーシアの話を聞いて思い出したんだ。だから、君を信じようと思う」

まさかの展開に、私は目を見開く。

「ほ、本当に？」

「ああ」

「ありがとうございます！」

私は勢いよく頭を下げた。

「……でも、一つだけ約束してもらおう。今の話は、他の人に言わないようにね。……言ったらどうなるか、人生経験が豊富なアリーシアなら想像つくよね？」

殿下は黒いオーラをまき散らしながら、にっこりと笑う。私は魔王さまを思い出し、首をぶんぶんと縦に振った。

すると殿下は満足そうに眼を細めたあと、壁と同化しているレヴェリッジさんに声をかける。

「レヴェリッジ、君もわかってるね？」

「はい、もちろん誰にも言いません」

「じゃあ、話はここまでだ。アリーシアを部屋に送り届けたあと、もう一度ここへ来てくれ」

「かしこまりました、失礼いたします。では、行きますよ」

レヴェリッジさんに呼ばれ、私は彼と共に殿下の部屋を後にした。

殿下の私室から十分に離れたところで、レヴェリッジさんが立ち止まる。

「殿下からお咎《とが》めはありませんでしたが、城内で誰かと噂《うわさ》になるような行動は慎むように。それでなくとも、色々な意味で目立っているのですから。大体あなたは――」

行きは無言で歩いてきた道を、帰りは説教されながら歩く。

私はこれなら無言の方がマシだったと思いつつ、苦笑いをするしかなかった。

11　恋人たちの散歩道

殿下に【転生者】であることを告白してひと月が経つが、私の周囲は至って平和である。

副団長がお菓子や花を持って厨房《キッチン》に現れることも、以前に比べて少なくなった。シェフの忠告が効いたのだろうか？

「アリーシア、最近あなたの騎士さまが来ないわね。浮気とか心配じゃないの？」

シンクの前で鍋の焦げと格闘していた私に、一人のキッチンメイドが声をかけてきた。例の噂好きな三人のうちの一人だ。

「そもそも付き合ってないもの」

「またまたあ。すっとぼけなくてもいいわよ、皆知ってるんだから！」

「だって、本当に何もないし」

「……そうなの？　でも騎士さまが来ないと、差し入れのお零《こぼ》れにあずかれないから残念だわ」

肩を落として離れていくキッチンメイド。彼女は私が副団長からもらうお菓子を楽しみにしていたようだ。

そのとき、シェフの鋭い声が飛んできた。

「アリーシア！　鍋を持ってこい！」

「まだ焦げが落ちてません！」

「じゃあ、口じゃなく手を動かせ！」

「はいっ！」

相変わらず仕事中は容赦がない。

厨房《キッチン》は今日もにぎやかだ。鍋とコンロがぶつかり合う音、料理人やシェフの声、キッチンメイドたちが皿を並べる音。

そんな喧々《けんけん》とした厨房に似合わぬ涼やかな声が響く。

「アリーシア・オルフェ。手が空《あ》いたらいつもの場所へ来るように」

厨房の入り口に立っているのはレヴェリッジさんだ。彼は眼鏡《めがね》を右手で押し上げながら、よく通る声で言った。

「わかりました！」

私の大きな返事を聞いて、レヴェリッジさんは踵《きびす》を返す。歩くのが早いので、その背中はあっという間に見えなくなった。

すると、先ほど離れていったキッチンメイドが、皿を手に持ったままにじり寄ってくる。

「ちょっとちょっと、アリーシア！　まさか、今度のお相手はレヴェリッジさんなの？」

肘で私の脇腹をつついてくる彼女の表情は、好奇心に満ちていた。

「はあ？　ないない。ありえないから」

「でも、ここんとこ毎日ああして呼びに来るじゃない」

「それはほら、私、色々と頼まれて作ってるでしょ？　それの相談」

本当は違うのだが、こうでも言っておかなければ、今度はレヴェリッジさんとの噂《うわさ》が城内を駆け巡ることだろう。

ひと月前、誤解されるような行動は慎むようにと釘を刺してきたレヴェリッジさんと、噂になっては大変だ……今度こそ首が飛ぶ。

とはいえ今回に限っては、悪いのはレヴェリッジさんだと思う。あんな目立つ呼び出し方をしなくてもいいのに……。

「ふうん。ま、そういうことにしといてあげる。けど、何か進展あったら教えてよね！」

私とレヴェリッジさんの関係が、進展などするはずもない。だが楽しそうな表情で立ち去るキッチンメイドを見て、数日後には城中に噂《うわさ》が広まっているなと確信した。

「その前に、レヴェリッジさんに相談しとこ……」

大きなため息と共にそう呟く。そして憂鬱《ゆううつ》な気分を振り払うべく、猛然と鍋を磨《みが》くのだった。


そのまま無心で作業すること三十分、ようやく全ての鍋を磨き終えた。

「シェフ！　すみませんが、レヴェリッジさんから呼ばれているので、少し出てきます」

濡れた手をエプロンで拭《ふ》きながら、シェフを振り返る。

「ああ」

シェフの同意を得た私は、裏口から外に出た。

明かり取りの窓はあるものの、地下にあるため日中でも薄暗い厨房。そこから一歩外に出ると、今日みたいに天気のいい日は、日射しがひどく眩《まぶ》しく感じる。

目を細めて見上げれば、そこには青い空が広がっていた。

何度か目を瞬《しばた》かせたあと、目の前にある石の階段をトントンとのぼり、庭を歩き始める。いくら仕事があったとはいえ、レヴェリッジさんが呼びに来てから三十分以上も経っている。そう思うと自然と駆け足になった。

目指すのは庭の奥にある、通称『恋人たちの散歩道』。

三メートル近い高さのある鉄製のアーチが、五百メートルほど続く歩道だ。アーチには、季節によって色合いを変えるつるが巻き付いている。今の季節は青々としたつるが巻きついているだけだが、あと数週間もすれば綺麗なピンク色の花が咲き乱れ、恋人たちにとってムード満点の場所となるらしい。

ま、それを楽しめるのは王族か、この城に入れるほど位《くらい》の高い貴族だけなんだけど。

そんなことを考えていると、前方に緑のアーチが見えた。

中に足を踏み入れたら、アーチにびっしりと巻き付いたつるが日射しを遮《さえぎ》っているおかげで、少しひんやりとしていた。

そのまま歩道の中ほどまで進むと、私を呼び出した張本人――殿下が立っていた。

「遅くなってしまい、申し訳ございません」

私はいつも通り頭を下げた。仕事を優先していいと言われてはいるものの、一応謝ることにしている。こうして毎回謝っていると、もはや私の謝罪には重みなど感じられないだろうけど。

「いや、毎日仕事の邪魔をしてすまないね」

この殿下の返しも、いつもと同じ。次に「顔を上げて」と言われるのだ。

「顔を上げてよ」

……ほらね。

そして顔を上げた先には、これまたいつも通りの殿下の笑顔。私が遅れたことに怒っている様子は微塵《みじん》もない。

私たちはここで毎日、天気のこと、私の前世の記憶のこと、亡き王妃さまのこと、それに私がこれから作ろうと思っているもののことなんかを話す。

どうやら【転生者】としての私に、殿下はとても興味がおありのようだ。

私の方も殿下と話ができるこの時間を、すごく楽しみにしている。ずっと隠していた秘密を打ち明けた今、殿下は私にとって最も身近に感じる人だった。

……って、実際は雲の上の方なんだけれど。

そこで、先ほどのキッチンメイドとのやり取りが脳裏を過《よぎ》る。噂《うわさ》がレヴェリッジさんの耳に入る前に伝えておいた方がいいだろうかと、彼の方をチラチラ見てしまった。

「どうかしたの？　何だか落ち着きがないね」

殿下にそう聞かれ、私は首を横に振る。

「なんでもありません……」

「本当に？　シア、正直に話してごらん」

ここで話すようになって、殿下との距離が随分と近くなった。そして気付けば「シア」と愛称で呼ばれていた。

優しく呼びかけられ、私は事の次第を話す。

「――で、噂がレヴェリッジさんの耳に入る前に、ご報告しておきたいと思いまして……」

「副団長とサハルの次はレヴェリッジか……小悪魔だな」

私の説明を聞いた殿下は、そう言って笑った。

「そんな……」

「冗談だよ。レヴェリッジには僕から話しておくから安心して」

「ありがとうございます！」

殿下から説明してもらえるなら、レヴェリッジさんも納得してくれるだろう。

「でも……そんなに色々な男と噂になるのに、なぜ僕とは一向に噂にならないんだろうね」

殿下は肩を竦《すく》めて首を傾げた。そのお茶目な姿に思わず笑ってしまう。

「一度メイドの間で噂になりかけたんですが、さすがにありえないと思われて、早々に鎮火《ちんか》したみたいですよ」

「ありえない、ねえ……」

殿下はなぜか少し不満げな顔をしたあと、私の耳元で囁《ささや》く。

「それは納得いかないな」

その言葉に、鼓動が速くなる。

ま、まさか……

「考えてごらんよ。あの堅物のレヴェリッジでさえ恋愛の噂があるのに、僕は『ありえない』だなんて、おかしいと思わないか？」

「あ、ああ！　そうですよね。レヴェリッジさんでさえ、ですもんね！」

私は慌てて妄想を頭から追い払った。

――一瞬、夢を見てしまったじゃないの！

「今日は少し歩こうか」

黙り込んだ私を見て、殿下はそう言った。

二人でアーチの下をゆっくりと歩く。木漏《こも》れ日が地面に不思議な影を作っていた。

「もう少ししたら、ここも花が咲いてピンク色になるね」

殿下は嬉しそうにアーチを見上げている。

ここで殿下と話をするようになって改めて思ったのだが、殿下は本当に花が好きらしい。何でも、自分の好きな品種を改良しているのだとか。そりゃ庭師みたいな格好をしていたわけだ。

「僕は数日後には王都へ行かなければならない。ひと月ほど滞在する予定なので、見頃は逃《のが》してしまうかもしれないな」

「王都へ？」

「ああ。父に呼ばれていてね」

殿下はこうして定期的に陛下に呼ばれ、王都へ行っている。といっても仕事のためとかではなく、亡き王妃さまによく似ているので陛下に溺愛《できあい》され、何かにつけて呼び出されるらしい。

まったくご苦労なことだ。

「国王さまは、殿下を本当に愛しておられるんですね」

「……母によく似た僕を愛することで、償《つぐな》おうとしているんだろう」

「償う？」

事情が呑み込めず首を傾げた私を見て、殿下は苦笑を漏らす。

「父は母を裏切ったんだ……隠れて愛人を囲ってね。母は悩んだ末に父を許したけど、それから数年後に病気で天に召された。父はきっと今でも後悔しているんだろうね」

「そうだったんですか……」

以前レヴェリッジさんから、殿下のすぐ上の兄君は母親が違うと聞いた覚えがあった。

「まったく……僕を愛することで罪滅ぼしをしようだなんて、父上にも困ったものだよ」

殿下は困ったように肩を竦《すく》めてみせた。

「……お気を付けていってらっしゃいませ」

「ありがとう。またお土産を買って来るよ。何かリクエストはあるかい？」

「お気持ちだけで十分です」

「帰ってきたら、また一緒に散歩しよう」

殿下は私の返事を綺麗に無視して言った。

「今日は、そのことを言っておこうと思ってね」

「お心遣い痛み入ります」

そこで殿下が立ち止まり、私をじっと見下ろしながら小さく呟く。

「……硬いね」

「は？」

私は思わず聞き返した。

「ま、いいさ。時間はたっぷりあるからね」

その言葉の意味がわからずポカンとしていると、殿下が笑顔を見せてくれた……が、いつもの爽《さわ》やかな笑みではなく、ひどく色っぽい笑みだった。

殿下の背後にまだ咲いていないはずのピンクの花が見えた気がして、私は目をこする。……やはり見間違いのようだ。

「じゃあ、今日はこれで」

「はい、失礼いたします」

立ち去る殿下を見送ろうと、頭を下げた。

けれど、遠ざかって行くはずの足音がすぐに止まり、小さな声が聞こえてくる。

「ああ、こんなところに……」

そしてこちらへ近づいてくる足音がした。

なんだろうと訝《いぶか》しむ私の視界に入ったのは、殿下の足。目の前で立ち止まった殿下は……

えっ？　私の髪を触っている？

「シアにプレゼント」

殿下の手が離れていく気配と共に、ふわりと香る花の匂い。

「一輪だけ咲いていたんだ。よく似合うよ。じゃあね」

そう言うと、今度こそ殿下は立ち止まることなく歩いて行った。

ようやく顔を上げた私は、左耳の上に挿《さ》された花をそっと手で取る。

それは、ラヴィーシアの花だった。数週間後にこのアーチを彩《いろど》るはずのピンクの花だ。

「早咲き、か……」

他の花たちと一緒に咲き誇る時期を逃《のが》した、一人ぼっちの花。なぜか自分と重なってしまう。

「一人ぼっちのラヴィーシアとアリーシア……名前も似てるわね」

私は自嘲気味に笑うと、花を手に一人厨房《キッチン》へ向かって歩き出すのだった。

ちなみにその花を見たキッチンメイドが、「まさかあのレヴェリッジさんから花を贈られたの!?」と大騒ぎしたせいで、シェフにものすごい形相《ぎょうそう》で睨《にら》まれてしまった……

12　殿下と私の不思議な関係

殿下が王都へと旅立って十日。あと数日もすれば、王都に着くだろう。

そんなことを思いながら、私はラヴィーシアの押し花をそっと指でつつく。

庭師のハンスじいさんからもらった珍しい花も、副団長からもらった綺麗な花束も、しおれてしまったあとは、惜しみながらも捨てた。

だが殿下からもらったこの花は、なぜか捨てることができない。

普段から使っているノートに挟み込んで押し花にしたあげく、この花をモチーフに刺繍《ししゅう》のデザインまで考える始末だ。

なかなか納得のいくデザインができず、ようやく完成したのは殿下が王都から帰ってきた日のことだった。


「ただいま。久しぶりだね」

「お帰りなさいませ」

帰ってきた殿下に呼び出されたのは、やはり『恋人たちの散歩道』。ひと月前と違って、緑よりもピンクの割合が多い。まさに今が満開だった。

「はい、これ。約束のお土産」

「わざわざありがとうございます……」

まさか本当に買って来てくれるとは。おずおずと差し出した手にポンとのせられた小さな箱には、可愛らしい赤いリボンが結ばれていた。

私は両手に小箱を載せたまま固まる。

「開けないのかい？」

一向に開けようとしない私を見て、殿下は首を傾げている。

「え？　ああ、すみません！　で、では失礼して……」

覚悟を決めた私はリボンを解き、箱を開ける。

そこには花の形をした綺麗な瓶が収められていた。

「香水……ですか？」

「正解だ。覚えているかな？　庭で君とぶつかったとき、僕が手入れしていた花だ」

「赤い大輪のお花ですよね？」

私にとっては忘れたくとも忘れられない、苦い思い出である。殿下を完全に庭師だと思い込んでいたなんて……今思い出しても、穴があったら入りたくなる。

「あの花をベースにした香水なんだ。僕のオリジナルのね」

「オリジナル……ってことは」

気が付いた私は息を呑む。

「そう、君が教えてくれたやり方で作ったんだ。この世界に二本しかないよ」

「そ、そんな貴重なものを私なんかに……よろしいんですか？」

「シアだからだよ。もし君が現れなかったら、あの花を使って香水を作ってみようなんて考えなかった。改良した花を楽しむだけで終わっただろうね」

「……ありがとうございます」

こんな気持ちのこもったプレゼントをもらえるとは、高価なプレゼントをもらうより数百倍も嬉しい。私は感激してお礼を言った。

「といっても、厨房《キッチン》で働いてる君に香水なんて、あまりいい贈り物じゃないかな……サハルに怒られないといいね」

殿下は、いたずらっぽく右目をつぶってみせた。

「大丈夫です。お休みの日に使わせていただきます」

まあ、休日などほとんどないから、香水の出番はあまりないかもしれないけれど。

可愛らしい瓶をそっと鼻に近づけて匂ってみたが、未使用だからか香りはしなかった。

「香りはした？」

「いいえ……残念ですけど、使う日まで楽しみにしておきます」

瓶を箱に戻していたら、殿下が大きな声を上げた。

「そうだ！」

「どうされたんですか？」

「どんな香りか気になるんだよね？」

当たり前のことを問われて素直に頷く。すると殿下はにっこり微笑んだ。

「ちょっとごめんね」

そう言うなり、突然私を抱きしめるようにして、すっぽりと腕の中に入れてしまう。

「で、で、殿下!?」

「ユリウス殿下！」

これまで背後で空気になっていたレヴェリッジさんが、慌ててこちらに駆け寄ってくる。

「シア、わかるかい？　僕は今、同じ香水を使っているんだ」

「殿下！　誰かに見られたらどうするのです!?　すぐにお離れください！」

慌てふためくレヴェリッジさんを尻目に、私は殿下の腕の中で大きく息を吸った。

「あ……いい匂いがする……」

「どんな匂いだい？」

「えっと、甘いけれど爽《さわ》やかな……」

そこまで言ったとき、自分がどんな状況にあるのかを思い出した。

「で、殿下、ありがとうございました。もうわかりましたので……」

「そう？　……君の鼻が良くて残念だ」

耳元でそう囁《ささや》かれて、心臓がありえないほど跳ねた。

——ち、近い！

「ユリウス殿下！」

レヴェリッジさんの怒鳴り声が響くと同時に、パッと腕を解《ほど》かれる。

いたずらがバレた子供のように肩を竦《すく》めてみせた殿下は、「じゃあ、またね」と言って歩いて行った。レヴェリッジさんが小言を言いながら、それを追いかける。

その結果『恋人たちの散歩道』には、腰を抜かして地面にへたり込む私だけが取り残されたのだった。

その数日後、私は殿下の私室に再び呼び出された。

「やあ、よく来たね。さあ遠慮せずに座って」

殿下はまるで淑女にするように、私に椅子を勧めてくれる。私は戸惑いながらも、見るからに上等な椅子におずおずと腰掛けた。

「お菓子は好きかい？」

そう言って差し出されたのは、先ほどシェフが焼いていたフィナンシェだった。アーモンドパウダーの香ばしい香りを漂《ただよ》わせ、仕事への集中力を失わせる憎い奴。

でも、今日は食べることができる！

「いただきます」

先ほどまでの遠慮はどこへやら、私は早速それを頬張《ほおば》った。

「紅茶もあるからね」

「ありがとうございまふ」

口をもごもごさせながらお礼を言うと、壁際から咳払《せきばら》いが聞こえた……が、気にしない。お菓子に使う白砂糖は高価なので、シェフは絶対に味見をさせてくれないのだ。今食べずに、いつ食べる！

二つ目のフィナンシェを頬張る私を見る殿下の目は、まるでペットを見ているかのようだ……ということには気付かないふりをする。

三つ目のフィナンシェを呑み込んだあと紅茶を啜《すす》ると、味も香りもいつも飲んでいるものとはまったく違った。これが本当の紅茶なら、きっと私が普段飲んでいるのは出涸《でが》らしなんだろう……すぐ空《から》になったカップに殿下が二杯目を注いでくれる。殿下に手ずからお茶を淹《い》れてもらうなんて、夢みたいだ。

「今日は、少し込み入った話をしようと思ってね。それでわざわざここに来てもらったんだ」

私は手にしていたカップと四つ目のフィナンシェをテーブルに戻し、殿下の話に耳を傾ける。

「母が君と同じ【転生者】だったかもしれない……そう話したのを覚えているかい？」

もちろん忘れるはずがない。私は静かに頷いてみせた。

「王城に行ったついでに、母の部屋を調べてきたんだ。何か証拠はないかと思ってね」

「でも……今は新しい王妃さまが住んでいらっしゃるんじゃ？」

国王陛下が再婚された今、そこに住んでいるのは新しい王妃さまのはず。元王妃さまの私物なんて残っていないと思うのだが……

「いや、彼女はその部屋には入れない。王妃の間は母が亡くなった当時のまま残されている」

じゃあ今の王妃さまは、どの部屋に住まわれているのだろう？

「お城には、王妃の間が二つあるんですか？」

だとしたら、なんだかややこしそうだ。そう思っていると、殿下が苦笑しながら説明してくれた。

「ごめん、僕の言い方が悪かったね。正しく言うと、『王妃の間』と呼ばれる部屋は、今は存在しないんだ」

「王妃の間が、ない？」

「母上の部屋は以前は『王妃の間』と呼ばれていたんだけれど、今は『ローザの間』と呼ばれているよ」

「ローザの間、ですか？」

「母上の名前がローザリンデだったことと、僕みたいな赤毛だったことから、『薔薇色《ローザ》の間』と呼ばれるようになったんだ。父が再婚した今、母上の部屋を『王妃の間』と呼ぶのは憚《はばか》られたんだろう」

殿下の言葉に、思わず首を傾げてしまう。

「今のお義母《かあ》さまは、王妃さまではないんですか？」

「ああ。義母《はは》上は王妃ではない。覚えているかい？　父が母を裏切って愛人を囲っていたと話しただろう。その愛人が義母上さ」

つまり国王陛下は王妃さま亡きあと、愛人を城に迎え入れたということ？

「それは……ひどいですね……」

「でも、母は二人を許したんだ。そして彼らの子供である義兄《あに》も、僕たちと同じように育ててあげたいと仰《おっしゃ》ったのさ」

「王妃さま、何て心の広いお方なの！」

まさに天使のような人だ。そんな善人が私と同じ業《ごう》を背負っているなんて信じがたい。

「父は母の優しさに胸を打たれて心を入れ替えたよ。だから、そのあとの両親《ふたり》は仲睦まじかった」

「でも王妃さま、よく国王陛下をお許しになりましたね」

私なら無理だ。これが器《うつわ》の違いなのか……

「もちろん、かなり悩まれたと思うよ。でも、そのことで兄弟仲がギスギスしないようにと配慮したのかもね」

「殿下は、第二王子殿下とも仲が良いんですか？」

「小さい頃は実兄であるイザーク兄上よりも、エディ義兄《あに》上とよく遊んだかな」

殿下はそう言って、懐《なつ》かしそうに笑ってみせた。

「イザーク兄上は十三歳で世継《よつ》ぎと認められたから、毎日勉強漬けで僕たちと遊ぶ時間もなかったしね」

「そうだったんですか……でも子供たちのためとはいえ、王妃さまは苦労なさったんですね」

思わず本音を漏らしたら、殿下がうんうんと頷いた。

「ホント、息子の僕でさえそう思うよ。君みたいな年頃の女性なら尚更だろうね」

「と、年頃と言われるような年齢では……とっくに行き遅れです」

頬を引きつらせながら言うと、殿下が不思議そうな顔をした。

「そう？　行き遅れっていっても、どうせ二十歳くらいでしょ？」

「まさか！」

ぶんぶんと首を横に振れば、殿下は少し意地悪な口調で聞いてくる。

「へえ、いくつ？」

「……面接のときに提出した書類に書いてありますから、どうしても知りたければご自分で確認なさってください」

私も負けじと片方の眉を吊り上げ、嫌味ったらしく言ってやる。紳士たるもの、女性に年齢を聞くもんじゃない！　というのが私の持論だ。

「ふうん。そんな態度をとるわけだ……」

不敵な眼差しを私に向けたあと、殿下は長い脚を組み替え、ニヤリと笑ってみせた。

「レヴェリッジ」

「……アリーシア・オルフェ、本名はエマ・ブラウン。出身はサウスダート。家族構成は両親と兄、それと兄嫁、姪《めい》の六人家族。現在二十四歳です」

レヴェリッジさんは殿下を見つめたまま淀《よど》みなく答えた。

——なんて記憶力！　おそるべし！

「へえ、二十四歳……本当だ、意外と行き遅れだね」

楽しそうに笑う殿下を殴りつけてやりたいと、心から願う。行き遅れと自分で言うのはなんともないが、人から言われるとこうも腹立たしいのはどうしてだろう。

「殿下……今のような発言をなさると、妙齢《みょうれい》の女性たちを敵に回すことになりますよ？」

私がとびっきりの笑顔でそう言ってみせると、殿下は顔を少し引きつらせたあと、小さく咳払《せきばら》いした。

「……いや、女性としての魅力が出るのは、まだまだこれからだよ」

「そうですね」

抑揚《よくよう》のない口調で同意したら、殿下は困ったように頭を掻《か》いた。

「シア、ごめん。怒らせるつもりはなかったんだ」

「わかってます。でも女性に年齢の話はタブーですよ」

「気を付けるよ。お詫《わ》びに僕の年齢も教えてあげる。二十六歳だ」

殿下はその時々で年上にも年下にも見える、不思議な人だった。そのせいか年齢を気にしたことはなかったが、私の二つ上か……

「殿下もまだご結婚はされてないんですよね？」

先ほどの発言を根に持っている私は、殿下も行き遅れだろうという意味を込めてほくそ笑みながら言った。だが、殿下はまったく意に介していないようだ。

「僕は王位に就《つ》かないからね、気楽なのさ。王太子であるイザーク兄上は十七歳のときには隣国の姫と結婚したけれど」

「エディ殿下はまだなんですか？」

それほど興味はなかったが、話の流れで一応聞いておく。

「義母上のお眼鏡《めがね》に適《かな》うご令嬢が、なかなか見つからないみたいでね。おかげで僕は『兄よりも先に結婚することなんてできません』とか言って、縁談話を断ることができるわけだけど」

そう言って、にっこりと笑う殿下。見た目と口調のせいで騙《だま》されやすいが、この王子さま……やはり良い性格をしている。それを再確認した。

「……殿下って、見た目よりも随分腹黒いですよね」

「褒め言葉として受け取っておくよ」

ボソリと呟いた私に、殿下は素晴らしく綺麗な笑みを見せてくれた。

そこで、それまで黙っていたレヴェリッジさんが口を開く。

「ユリウス殿下、そろそろ次のご予定のお時間です」

「ああ。もうそんな時間か……結局、僕の家族の話だけで終わってしまったね。続きはまた次回にしよう」

「あ、はい。失礼いたします」

頭を下げて退出しようとしたら、ドアの横で待機していたレヴェリッジさんと一瞬目が合う。

「ユリウス殿下はお優しいので気さくに接しておられますが、あなたはただのメイドです。こうして毎日呼び出されようが、きちんと身分をわきまえて行動なさい」

私にしか聞こえないであろう小さな声で、警告されてしまった。

「……はい。申し訳ありませんでした」

わかっていることだが、こうして改めて言われると結構応《こた》える。それを悟られぬよう、下を向いたまま謝罪した。

最近殿下に対して少し馴れ馴れしいな、とは自分でも思っていた。でもその人当たりの良さについ緊張が緩《ゆる》んで、ああいう態度をとってしまう。

そのせいで殿下と会えなくなったら寂しいし、次からはきちんと気を付けよう。

私は、そう心に決めたのだった。

13　招かれざる訪問者

レヴェリッジさんに注意されてから、私は殿下に対してあえてよそよそしい態度をとるように心がけている。殿下からは怪訝《けげん》な目を向けられているが、逆にレヴェリッジさんからの視線は優しくなったので、これでいいはずだ。

自分がやっていることではあるけれど、一歩近づけたと思った途端に三歩くらい引き離されたような気分である。正直言ってとても寂しいが、仕方ない。会えなくなるよりマシだと自分を慰《なぐさ》める日々だった。

そんなある日、殿下がまた国王陛下から呼び出しを受けた。彼はため息を吐《つ》きながら私に言う。

「まったく、父上もいい加減に子離れして欲しいものだ。明日からひと月ほど、城を留守にするよ」

その翌日、殿下は王城へ行ってしまった。

本当に溺愛《できあい》されてるんだなあと、少し羨ましく思う。私が侯爵令嬢だったとき、親子関係はとても希薄《きはく》だった。父と母の顔すら思い出せない。乳母《うば》の顔は思い出せるのに……

殿下に呼び出されることがなくなり暇になった私は、仕事の合間にそんなことを考えていた。

だが貴重な時間を無駄にするわけにはいかないと思い直し、日々創作活動に励むことにする。まずはハンドクリームやら石鹸やらの在庫を増やし、使用人仲間に配った。

そして今日は腰を悪くした老メイドからの依頼品である、『モップ絞り機』を作ることにしている。モップなら雑巾がけするよりも足腰が楽だし、足で踏んで簡単に絞れるようになれば、更に楽になるだろう。

これまでの前世の記憶は、私に多くのアイデアをもたらしてくれる。特に日本という国で生活していたときの記憶は、アイデアの宝庫と言ってもいい。あの国には便利なものから奇抜なものまで様々な物が揃《そろ》っていた。

厨房《キッチン》の片隅《かたすみ》でモップ絞り機のデザイン画を描き終えたところで、必要な材料の買い出しに行くことにした。いつもはレヴェリッジさんに頼んで手配してもらうのだが、殿下が留守とあって、彼はいつも以上に忙しそうだからだ。

「シェフ、少し買い物に行ってきてもいいですか？」

「ああ。だが夕食の準備をする時間までには戻れよ」

シェフの許可を取ったあと、私は裏口から外に出る。そのとき偶然、買い出しに出かける他のメイドと一緒になり、彼女と話をしながら歩いた。

街の中央広場に出たところで、それぞれ行き先が違うため別れることにする。

「じゃあ、アリーシア。またね」

「うん、またね。……さてと、何から買いに――」

「失礼、ちょっといいかな？」

メイドと別れた途端、私は知らない人に声をかけられた。

一目で高価だとわかる黒のスーツを着て、口ひげを生やした男性だ。

彼は私を上から下までジロジロ見たあと、にっこりと笑ってみせた。

「アリーシア・オルフェだな？」

まさか、城からずっと後をつけてきたのだろうか？　だとしたら、今更しらばっくれても意味がないので、私はしぶしぶ頷いた。

すると男性は声を潜めて言う。

「君に『良い話』を持ってきた。喜びたまえ」

これまでの長い転生生活の中で、『良い話』だと言われて本当に良かった例は一度としてない。

ひどく胡散臭《うさんくさ》いと思いつつも、聞かないわけにはいかなかった。

この口ひげの男性はおそらく貴族だろう。高慢な話し方でわかる……侯爵令嬢だったときの私もこうだったし。下手に逆らえば面倒なことになりかねない。

「君の噂《うわさ》は聞いている。なんでも知識が豊富だとか……」

そう言って、彼は嫌らしい笑みを浮かべる。殿下の綺麗な笑みを見慣れた私にとって、その笑顔は気持ち悪いものでしかなかった。

「その知識を生かし、困った者たちを無償で助けてやっているそうだな？」

回りくどい言い方だが、相手の考えは透けて見えた。

きっと、金なら払ってやるから私の頼みを聞けとか言うつもりだろう。

「何かお困りでしょうか？」

単刀直入に尋ねると、男性はこう返してきた。

「君はなぜスカラリーメイドなんかをしているんだ？　庶民であろうと発明家を名乗れば、我々のような理解ある貴族から支援が受けられるだろうに」

少々鼻につく言い方だが、確かにこの世界において錬金術師《れんきんじゅつし》や発明家といった人々は、貴族から支援を得ている場合が多い。

もちろん支援者に見限られれば、ゴミ屑《くず》みたいにポイッと捨てられてしまうわけだが……

「……発明は趣味ですので。私の仕事はあくまでスカラリーメイドです」

私は結果を出さなければ捨てられるような不安定な職には就きたくない。城にいれば衣食住が確保できるだけでなく、発明に必要な材料も用意してもらえる。そして、私の秘密を知ってもなお親切にしてくれる理解ある殿下もいる。

そんな今の生活は、私にとっては何よりも価値がある。

「趣味とは到底思えないレベルだが……噂では、石鹸を自力で作ったとか？　石鹸といえば、セイル国の名産品だ。その技術を売るだけで、ひと財産を築けるだろう」

どこから漏れたのかはわからないが、男性は私が石鹸を作ったことを知っていた。あのときは口止めする間もなく城中に広まったので、外部の人に知られていたとしても仕方ないけれど。

「石鹸の作り方を、お知りになりたいのですか？　その方法を記《しる》したノートはユリウス殿下にお渡ししましたので、ご期待には添えないかと……」

殿下ならどんな貴族よりも高位だろうし、彼に渡してしまったと言えば、うまくあしらえるはず。この男性が殿下と知り合いなら貸してもらえるかもしれないけれど、そうは思えない。

だが口ひげの男性は低く笑いながら、首を横に振った。

「我々が欲しいのは石鹸などではない。君自身だ、アリーシア・オルフェ」

男性は「我々」と言った。つまり、他にも仲間がいるということだ。

「君には想像もできないような待遇を用意しよう。もちろん、スカラリーメイドとして早朝から深夜まで身を粉《こ》にして働く必要もなくなる。我々のもとで好きなものを作って、好きな研究をすればいいんだ」

いい話だろう？　と言わんばかりに男性は笑ってみせる。

要するに、自分たちの子飼いの発明家になれということ？　それなら確かに『良い話』かもしれないが、なんだか引っかかる。理由はわからないけれど、長年生きてきた私の勘が働いたのだ。

「……少し考えさせてもらってもいいですか？」

「何を迷っているのかわからないね。君にとっては願ってもない話だと思うが……」

「その、仮にお話を受けるとしても、メイドの仕事を急に辞めるわけにはいきませんし」

するとと男性は、馬鹿にしたような笑みを浮かべる。

「スカラリーメイドの一人や二人、突然辞めたところで困らないだろう。そんな下《した》っ端《ぱ》、誰も気に留めやしないさ」

その言葉に、私は少しへこんだ。メイドとしての自分の価値を否定されるのはきつい。

もし仮に誰かの支援を受けるとしても、この男だけは無しだ。なんて嫌な奴！

頑《がん》として頷かない私を見て、男性は面倒臭そうに大きく息を吐《つ》く。

「仕方ない。愚かな者には考える時間もそれなりに必要だろうからな。また十日後に会おう。良い返事を期待している」

そう言い残して、男性は近くに停めてあった黒塗りの馬車に乗り込む。

走り去る馬車を見送りながら、彼の名前すら聞いていないことに気付いた。

「ま、今日でも十日後でも、答えは決まってるんだけどね」

間違っても、あんな嫌な男の世話になることはない。私は小さく呟くと、本来の目的である買い物をしに店に向かった。

◇　◇　◇

その十日後、口ひげの男性が城を訪ねて来て、私は門の外に呼び出された。

「で、心は決まったのかね？」

男性は薄ら笑いを浮かべて言う。私のような貧しい庶民が、この話を断るはずがないと思っているのだろう。

「はい。申し訳ないのですが、お断りいたします」

男性は目を見開き、唾《つば》を飛ばしながら尋ねてくる。

「な、何だと!?　自分が言っていることの意味を理解しているのか!?」

顔を真っ赤にして叫んだあと、彼は胸ポケットからチーフを取り出した。そして額《ひたい》に浮かんだ汗を拭《ぬぐ》いつつ小さく呟く。

「ま、待てよ……。そうか、そういうことか……。一度断って、賃金を吊り上げようって魂胆《こんたん》だな。なるほど、頭が良いと噂《うわさ》されているだけはあるが、そうはいかないぞ。私は馬鹿ではないからな」

見当違いのことを言われ、私は静かに首を横に振る。

「違います。そんなことは考えておりません。私はただ、ここが気に入っているのです。仕事にもやりがいを感じておりますし、職場を変えるつもりはございません」

「……後悔するぞ？」

口ひげの男性は、脅《おど》しまがいの言葉を吐《は》く。

「どういう意味でしょうか？」

「いや、もういい。残念だが、交渉は決裂した。今日の返事を後悔する日が必ず来るだろう。近いうちにな」

口ひげの男性はそんな捨て台詞《ぜりふ》を吐いて立ち去った。

――一体何をするつもり？

昔の私なら、どうしただろう。殿下の耳にあることないこと吹き込んで、私を解雇《かいこ》させるとか？あるいは、手の者を放って私を暗殺するとか？

男性が誰かの使いとして来たのなら、私を説得できなかったことで、無能のレッテルを貼られてしまうだろう。そうなれば、面子《メンツ》を潰されたと思って私を恨むはず。

「こりゃ、しばらくは気が抜けないわ……まさか庶民なのに、暗殺の心配をすることになるなんてね……」

そう言って、ゆっくりと青い空を仰《あお》ぐのだった。


念のため、シェフには事情を話しておいた。だがあの脅迫じみた警告から数日経っても平和な日々が続いている。

あと四日もすれば、殿下が王都からお戻りになるはずだ。そうなれば城の警備は厳重となり、暗殺者は侵入できなくなる。もう少しの辛抱だ。

仕事の合間にそんなことを考えていた私は、緩《ゆる》みかけていた気合を入れ直した。

だが周りを見回したとき、私よりも気合が入っている人たちがいることに気付く。

「……なんだか皆さん、いつもより張り切ってませんか？」

私は仕事に励む料理人たちを見ながら、シェフの傍《そば》にツツと寄る。

「リベンジだからな」

シェフも下ごしらえに余念がないようで、私の方を一切見ずに言った。

「リベンジ？」

「王太子殿下がいらっしゃるんだ」

「え……また？」

そこで初めてシェフは手を止め、私を見た。

「馬鹿っ！　そんな嫌そうに言うんじゃねえ。レヴェリッジに聞かれたら、三時間くらい説教されんぞ」

それは嫌だ……。

「殿下と一緒に王城からこちらに向かっていると連絡が入ったんだ。前回は突然の来訪で、完璧なおもてなしができなかったからな……」

「なるほど。それで皆さん、気合が入ってるんですね」

でも今までユリウス殿下と一緒に王城にいたのなら、なぜわざわざケールベルグ領まで来るのだろう？

「何しに来られるんですかね？」

「そりゃ、単なる寄り道だろ」

「は？」

「王太子殿下は、国王の名代《みょうだい》として国中を周《まわ》っておられるからな。今回もどこかの領地へ行く途中に寄るだけだろうさ」

私は「へえ」と間抜けな返事をし、すぐに自分の持ち場へと戻る。

仕込みに忙しいシェフにシッシッと追い払われてしまったからだ。

今は特にすることがないけれど、一人だけ暇そうにしているのも申し訳ないので、ゴミを捨てに行くことにする。

「ゴミを捨ててきます。あと、帰りにハーブを摘《つ》んできます」

裏口の前に立ち、ゴミ袋と籠《かご》を掲《かか》げてみせながら、シェフに告げた。

「わかった。あまり遅くなるなよ」

「はい。行ってきます」

そう頷いたあと、元気よく裏口を飛び出した。

やがてゴミを捨て終え、厨房《キッチン》に戻ろうと踵《きびす》を返したとき、背後でガサリという音がした。その直後、近くの木にとまっていた鳥が一斉に飛び立つ。

周りを見渡してみたけれど、人の気配はない。

ゴミが腐って悪臭が立たないよう、ゴミ置き場はあまりの日の当たらない場所にある。いつもはなんとも思わないその薄暗さが、ひどく嫌な感じだった。

胸騒ぎを覚え、目を凝《こ》らして木陰を見たけれど、やっぱり誰もいない。そのまま十秒ほど耳を澄ましていたが、物音一つしなかった。

「猫でもいたのかな……。少し神経質になりすぎかもね」

私は苦笑を漏らし、頭の中で鳴り響いていた警鐘《けいしょう》を無視して歩き出した。

だが、すぐ後ろでまたガサリという音がして、私はその場から飛びのく。

慌てて振り返った私の目に映ったのは——垂れ耳が可愛らしい、薄茶色のウサギだった。

「はあああ、びっくりしたあ……」

その場にしゃがみ込んで一人笑う。

「こんな可愛い暗殺者、いるわけないよねえ……。ほらほら、シェフに捕まったら今日のメインディッシュにされちゃうわよ。どっか行きなさい」

シッシッと手で追い払うと、ウサギは草むらに逃げて行った。

しばらくウサギの足跡をぼんやり見つめていた私は、立ち上がってスカートの裾《すそ》についた砂を払う。

「さて、と……。ハーブを摘《つ》みに行こ——ぐっ！」

突然背後から手で口を覆《おお》われ、羽交《はが》い締《じ》めにされた。叫ぼうにも、口を塞《ふさ》がれていては声が出せない。

必死に抵抗したけれど、私の自由を奪っている人物は力が強く、びくともしなかった。

「ハーブを摘む必要はない。お前はこれから別の場所に行くのだからな」

耳元で囁《ささや》く低い声は、聞いたことのないものだった。

その直後、首の後ろに激しい衝撃を感じる。

私、ここで死ぬの……？

意識が遠のく中、脳裏に殿下の笑顔が浮かぶ。

——今回の人生は、そう悪くなかった。

庶民の私がほんのひとときだけでも幸せな夢を見られたのは、殿下のおかげだ。思えば殿下は初めから私に優しかったし、それに私の突拍子《とっぴょうし》もない話を信じてくれたのだ。

たとえまた生まれ変わったとしても、殿下のような素敵な方は現れないだろうな。そう思ったのを最後に、私は意識を失った。

◇　◇　◇

「——痛っ！　ここ、は……？」

ひどく痛む頭を押さえながら、ゆっくりと起き上がった。

指先にひんやりとした硬い床の感触がある。室内は薄暗く、一メートル先がやっと見える程度。

空気はカビ臭くて、埃《ほこり》っぽい。

この劣悪な環境は、私にとっては懐《なつ》かしいものだった。

「また魔王城に転生したとかなら、笑える……」

などと言いつつも、実のところまったく笑えない冗談を呟くと、自分の声がひどく嗄《か》れていることに気が付いた。長時間、ここに寝かされていたのだろう。

何か飲めそうなものはないかと見回すが、暗いのでろくに見えない。上を見ると、明かりとりの窓があった。

そこからわずかに見える空は黒く、星が瞬《またた》いている。

「夜、か……だから暗いのね」

床に座ったままじっとしていたら、徐々に目が慣れてきた。暗いといっても、窓から月明かりが入ってきているからだ。

私はもう一度室内を確認した。

何の装飾も施《ほどこ》されていない、頑丈そうな鉄製の扉。明かりとり用の小窓以外に窓はなく、床は石が剝《む》き出しになっている。家具と呼べるものは椅子一つなかった。

「どうりで身体中が痛いわけだ」

この部屋は、どう見ても客室などと呼べる代物《しろもの》ではない。物を入れておくための倉庫ですらなく、おそらく罪人を閉じ込めておくための牢だろう。

「……でも、何でこんなところに？」

そもそも、私はまだエマ・ブラウンなのだろうか？　それともエマは死んで、ここは次の転生先？

私は自分の着ている服を見下ろしたが、メイド服のままだった。髪の毛をひと房つまんで目の前に持ってくると、やっぱり母譲《ゆず》りの巻き髪のままだ。

メイド服の襟元《えりもと》に手を入れて取り出したのは、殿下からもらった虹色光石《にじいろこうせき》のネックレス。それは暗い室内でもキラキラと輝いていた。

「良かった。まだエマなんだ……」

ネックレスを両手で握りしめ、感謝の気持ちを捧《ささ》げるようにキスを落とす。そしてもう一度服の中にしまった。

まだ転生していないのだとしたら、今のこの状況は？

ズキズキと痛む頭で、最後の記憶を思い出す。

「そうだ……誰かに拉致《らち》されたんだ」

意識を失う直前に聞いた、見知らぬ男の声。おそらくその者によって、ここに連れてこられたのだろう。そしてその指示をしたのは、あの口ひげの男性である可能性が高い。

「あのひげおっ……げほっ！」

恨みを込めて言葉を吐《は》き出そうとしたとき、勢い余って咽《むせ》てしまった。

それにしても、いつからこうしていたのだろう、喉は張りつきそうなほどカラカラに渇《かわ》いてしまっている。

そのとき、鉄製の扉がガチャンと大きな音を立てて開かれた。

「どうやら目が覚めたようですね」

そう言いながら入って来たのは、この埃《ほこり》っぽい部屋に似合わぬ小綺麗な格好をした男性だった。

返事をしようとしたものの、声が出てこない。

「彼女に水を」

男性が後ろに立っている兵士に指示を出す。

私は水が入ったグラスを受け取ると、一気に飲み干した。

「……おかげさまで、久しぶりにゆっくり眠れました」

声が出るようになった途端、私は男性に皮肉を言った。

すると相手は喉の奥で低く笑う。

「皮肉を言えるのなら大丈夫ですね。二日も目を覚まさないので、死んでしまったのかと思いましたが」

その言葉に驚いた。なんと、二日も眠っていたとは……それは喉も渇くはずだ。

「それより、ここはどこです？　あんな強引な方法で城から連れ出して、一体私に何のご用でしょうか？」

「もうおわかりなのでは？　あなたのような者には不相応なほど『良い話』を持ちかけたのに首を縦に振らないので、少々手荒な方法を取らせていただきました。恨むなら、過去の自分を恨んでください」

それを聞いて、やはりあの口ひげ男が絡んでいるらしいと気付く。

「……その話なら、お断りしたはずですが？」

「そうみたいですね。バーンズ男爵が顔を真っ赤にして怒っていましたよ」

男性は肩を竦《すく》めながら言った。私は初めて聞く名前に首を傾げる。

「バーンズ男爵？」

「あなたを説得しに行ったはずですが？」

そこで、ようやく口ひげ男のことかと理解した。

「ああ、あの口ひげの……そのようなお名前だったんですね。初めて知りました」

「彼は名乗らなかったんですか？　それなら断られても当然ですね。あんなふざけた口ひげをたくわえたまま人の信頼を得ようだなんて、図々《ずうずう》しいにもほどがある」

どうやらこの男性から見ても、あの口ひげはまともじゃないらしい。

だが同意する気はなかった。なぜなら彼も、まだ名乗っていないからだ。

何より紳士然としているけれど、口ひげ男爵と繋がっている時点でこの男性も同類に違いない。

私は目の前に立つ男性をじっと見つめる。

黒い髪は短く切られ、濃い緑の瞳が印象的だ。年の頃は二十代後半といったところだろうが、やけに落ち着いた雰囲気を漂《ただよ》わせている。

「おや、かえって警戒されたようですね。バーンズ男爵の話題を出したのは失敗でした」

困ったように笑ってみせる男性の言葉を無視して、私は質問する。

「ところで、私はいつまでここにいればいいのでしょうか？　出してもらえないのなら、せめて毛布の一枚くらいは頂きたいものです」

「こんな手段を取ることになってしまったのは残念ですが、私たちの目的は最初に伝えていたはず。大人しく従えば、待遇は改善させていただきますよ」

「……」

無言のままでいる私に笑いかけたあと、男性は部屋を出た。

それと入れ違いに、廊下で待機していた数名の兵士が入ってくる。

「部屋に案内する。こっちだ」

兵士のうちの一人にそう声をかけられ、彼らに囲まれて牢から出た。

そうして歩くこと十五分。

「ここがお前の部屋だ。朝に迎えが来るまでは出るなよ」

無愛想な兵士によって放り込まれた部屋は、大部屋に慣れている私にとっては広すぎるくらいだった。それも二間《ふたま》続きになっている。

室内の装飾の豪華さに呆気《あっけ》にとられていたら、ガチリと鍵がかかる音が聞こえた。

「二間続きの部屋に、見張りの兵士付きとはね……」

そう呟きながら、近くにあったクローゼットの扉を開く。すると、中にはドレスがぎっしりと詰まっていた。

「ドレスがこんなに……でも好みじゃないわ。趣味悪い」

どれも原色が使われていて、露出も多めのド派手なデザインだった。

クローゼットを閉めて奥の部屋へ行く。そこの窓から下を見ると、広い庭があった。試しに窓を開けようとしてみたのだが、予想通り固く閉ざされている。簡単には開かなそうだ。

「だけど、二日も寝てた私の身にもなってよね。寝られるわけがないじゃない……」

眠気はまったくないので、どこかに犯人たちやこの場所についての手がかりはないかと、部屋の至るところを漁《あさ》ってみる。だが、めぼしいものは何もなかった。

やがて空が白《しら》み始め、窓から朝陽が差し込んでくる。

「もう朝か……」

ベッドに腰掛けたと同時に、部屋の鍵が開く音がした。コンコンと控えめなノックのあと、返事を待たずにドアが開かれる。

そこから、あの紳士然とした男性が顔を覗《のぞ》かせた。

「結構。すでに起きているようですね」

そう言うや否《いな》や、当然のように部屋に入ってくる。

「あなたに会っていただきたい方がいます。着替えて朝食をとったらすぐに向かいますよ」

その言葉に素直に頷いた。どうせ私に拒否権はない。それに先日のように気絶させられて運ばれるよりは、自分で歩いて行った方がマシだ。逃げるチャンスだってあるかもしれない。

「あとで迎えに来ます」

「わかりました」

従順な態度をとる私を見て、男性は静かに部屋を出て行った。

その後、部屋にやって来たメイドにドレスを着せてもらっていたら、朝食が運ばれてきた。

衣食住にメイドまで付いているとはね……結構な待遇じゃない。私に何をさせたいの？

コンソメスープを飲みながら、そんなことを考えるのだった。

14　いつの世も常に変わらぬ者たち

「アリーシア、もちろん私たちに協力してくれるわよね？」

艶《あで》やかな声で私にそう告げたのは、エレオノーレと名乗る美女だ。

『すぐに』と言われたにもかかわらず、朝食のあと三時間ほど待たされ、ようやく連れてこられたのは、二階にある大きな部屋だった。

豪奢《ごうしゃ》で派手な内装は彼女の趣味なのだろうが、よほどの権力と財力があることは見て取れた。

「協力と言われましても、その……具体的には何をすれば？」

そう答えてから、目の前の人物をじっくりと観察する。

黒い巻き髪は艶々《つやつや》と光り、豊満な身体は同性から見ても魅惑的だった。声さえも色っぽくて、拉《ら》致《ち》監禁されている身でなければ思わず聞き入ったであろう。

でも転生を繰り返してきた私は、容姿の美醜《びしゅう》と人間性の善《よ》し悪《あ》しには関係がないと知っている。

……だって魔王さまも、絶世の美男子だったんだよおおお！

まさか魔王さまを引き合いに出されているとは、当の彼女は思ってもいないだろうが。

「簡単なことよ。あなたは今までと同じように、好きな物を作ればいいの。それと、これまでに作った物の作り方を教えてほしいわ。あと……ケールベルグ城の間取り図を描いてくれると尚良いわね」

エレオノーレはそう言うと、色っぽい唇で甘く囁《ささや》く。

「たったそれだけで、今日眠っていたフカフカのベッドに、クローゼットに納《おさ》まりきらないほどのドレス、美味《おい》しい食事、あなただけに傅《かしず》くメイド。その全てが、あなたの物になるのよ。いかが？悪い話じゃないでしょう？」

――それはまるで、悪魔の囁きのようだった。

転生初心者だった頃の私なら、二つ返事で頷いていただろう。

だが、私は知っている！

ここで安易に頷けば、来世は再び魔王城みたいなところに転生するはめになると！

だってどう考えても、「城の間取りを教えて」っておかしいでしょ。良いことに使うわけないわよね。

一体何をする気なの？　まさか、その豊かな胸を武器にして殿下に夜這《よば》いをかけようとしてるとか……!?

駄目だ！　そんなこと、たとえ殿下が許しても、私が許さない！

これまで作った物の作り方を教えることに抵抗はない。だが最後の一点にだけは頷くことができ

なかった。

「申し訳ありませんが、できかねます」

「……なんですって？　わたくし、耳が遠くなったのかしら？」

エレオノーレは片眉をピクリとさせたあと、笑みを浮かべて再び口を開く。

「もう一度聞くわ。手伝ってくれるわよね？」

そう言いながら、エメラルドのような瞳で私を見つめてくる。

「何度聞かれても同じです。申し訳ありませんが、できかねます」

ドレスの裾《すそ》をぎゅっと握りしめて、私は同じ台詞《せりふ》を口にした。

するとエレオノーレは大げさに天を仰《あお》いで、座っていたカウチに倒れ込む。

「ああ、何ていうことなの！　スカラリーメイドは身分だけでなく、心根も卑《いや》しいのね。これ以上、何が欲しいって言うの？」

先ほどの甘い声とは打って変わって刺々《とげとげ》しい声だった。

「いえ、何も欲しくはありません。それより城の間取り図なんて、何に使うつもりですか？」

「……あなたには関係のないことよ」

手にしていた扇《おうぎ》で口元を隠しながら、エレオノーレは答えた。

「私はスカラリーメイドです。知っているのは地下にある厨房《キッチン》とメイド部屋くらいですし、とてもじゃありませんが、間取り図なんて描けません」

どうにか納得してくれないだろうか。そんな祈りを込めて本音を口にする。

私に描けるのは、せいぜいメイド部屋と厨房を繋ぐ使用人通路の見取り図くらいだ。なんなら、おまけでミント畑とゴミ捨て場の地図を付けてもいいが……

やはりエレオノーレは、私の答えに納得できないようだ。エメラルド色の瞳を吊り上げて言う。

「そんなこと、信じられるとでも思っていて？　あなた、ユリウスの愛人なんでしょう？」

「は……はあああ!?　愛人？　めめめ、滅相《めっそう》もない！」

ありえないことを言われて、私は勢いよく首を横に振った。

「まあいいわ。まだ時間はあるもの……きっとすぐに気が変わるでしょう」

エレオノーレは口の端を片側だけ吊り上げたあと、私の横にじっと立っていた男性に視線を向けた。その瞳は私に向けていたものとは打って変わって、ひどく優しい。

「エドヴァルト、彼女を部屋に戻してちょうだい」

「はい」

二人の間に甘い雰囲気はないが、信頼関係はあるようだ。そして男性の名前は、エドヴァルトというらしい。

エレオノーレは私を一瞥《いちべつ》すると、白いレースの手袋をはめた手で、まるで猫を追い払うかのような仕草をしてみせた。そのあと、真っ昼間だというのにワイングラスを手にする。

そしてずっとカウチの背後に控えていた、金髪碧眼《へきがん》の美男子を手招きした。

どうやら私はもうエレオノーレの視界からは消えたらしく、彼女と美男子はカウチの上で濃厚に絡み出した。美男子は彼女の恋人か愛人なのだろう。

そんな二人をじっと見ていた私の腕を、エドヴァルトが無言のまま引っ張り、部屋から連れ出す。

「痛いです、エドヴァルトさま」

本当に痛いので苦情を言うと、嫌そうな顔をされた。

「……断りもなく名前を呼ばないでください」

「名前くらい、別にいいじゃないですか。ケチ臭い」

エドヴァルトはその言葉にピクリと反応したあと、諦《あきら》めたように呟く。

「勝手になさい」

どうやらケチという言葉がお気に召さなかったみたいだ。

名前を呼ぶ自由は与えられたものの、残念ながら、身体の方は自由というわけにはいかないらしい。腕はまだ彼に掴まれたままだった。


エドヴァルトに引っ張られるような形で、城内を歩くこと十数分。エレオノーレの誘いを断った私は、一体どこに連れて行かれるのだろうか？

てっきり、またあの地下牢かと思っていたのだが、エドヴァルトは逆に階段をのぼり始めた。

螺旋《らせん》階段をグルグルとのぼっていると、目が回りそうだ。日本みたいにエレベーターやエスカレーターがあればいいのにと、こういうときいつも思う。

ちなみに魔王城にもエレベーターやエスカレーターはあったけど、人力で動かしていた。魔王さまほどの魔力の持ち主なら、小指の先を振るうだけで永遠に動かせるだろうに……ケチというか、嫌がらせだけは上手というか。

そんなことを考えながら、階段をのぼり続けた。決して余裕があるわけではない。何か違うことでも考えていなければ、余計に疲れてしまいそうだったからだ。

やっとのことで階段をのぼりきると、丈夫そうな鉄の扉があった。外側に大きな鍵が付いていることから、普通の部屋ではないことがわかる。おそらく本来は身分の高い者を監禁しておくための部屋なのだろう。

「ここが私の新しいお部屋ですか？」

ケロッとした表情で尋ねた私を怪訝《けげん》そうに一瞥したあと、エドヴァルトは答える。

「はい。最初にいた牢よりはマシでしょう？　……それにしても、本当に救いようのない馬鹿ですね。なぜ逆らったんです？」

「だって、本当に間取り図なんて描けませんし……それに私は今もケールベルグ城の使用人ですから、主人を売るような真似はできません」

「その忠義心は高く買いますが、尽くす相手を間違えると、あなたの手には何にも残りませんよ……命さえもね」

エドヴァルトは、そう言って皮肉げに笑う。

「でも、ケールベルグ城の主人はユリウス殿下ですよ？　この国の第三王子です。彼以上の権力を持っている方は、そうそうおられません」

その言葉を聞いて、なぜかエドヴァルトが口の端を歪めた。

「……確かに。私もそう思います」

彼は胸ポケットから銀色の鍵を取り出すと、目の前のドアに差し込む。長らく使われていなくて錆《さ》びついたのか、嫌な音を響かせながらドアが開いた。

室内は想像よりも明るかった。窓も二つあるけれど、あれだけ階段をのぼったんだから、飛び降りられるような高さではないだろう。

部屋には他に粗末なベッドと、年代物の棚と机が置いてある。

「ここがあなたの新たな住まいです。食事は一日二回、朝と夕方に持ってきます。あのとき頷いておけば、昨日の部屋に住んでいられたのに……。気が変わったら言ってください。すぐにとはいきませんが、できるだけ早くここから出してあげますよ」

その説明を聞きながら部屋に入り、そっと窓に近づいた。

想像はしていたが、かなりの高さがある。

「私がここから飛び降りたらどうするんですか？」

「そんな度胸があるとは思えません」

皮肉っぽい笑みを浮かべたエドヴァルトは、そう言ったきりドアから出て行く。もちろん施錠《せじょう》することは忘れない。

彼の気取ったような足音が徐々に遠ざかると、室内は一気に静寂に包まれた。目を閉じて耳を澄ませば、鳥の鳴く声が聞こえる。

改めて窓に近寄り、外を眺めた。眼下に広がるのは緑に囲まれた庭園だ。左右の壁を見てみたが、他の部屋の窓は見えない。

今度は鍵のかけられたドアに近寄る。鉄製のドアは頑丈そうで、とても素手では壊せそうにない。外からしか開けられないようになっているらしく、取っ手すら見当たらなかった。

私は窓とドアからの脱出は諦《あきら》め、木製のチェストの傍《そば》へ向かう。かなりの年代物だが、状態は悪くない。

音を立てて開いたチェストの中には衣服の他、タオルやシーツといった日用品が収められていた。

「想像よりも、ずっと快適ね……」

閉じ込められている点と脅迫されている点を除けば、文句はない。とはいえ、ずっとここにいたいとは思わなかった。

「どうやって逃げたらいいんだろう？」

いっそ窓から飛び下りてしまおうか？　いやいやいや、自殺などしたらきっと待っているのは魔王城での奴隷ライフ並に厳しい来世だ。そんな危険は冒《おか》せないので、その選択肢は除外した。

「そういえば、私が城から連れ出されて、今日で何日目？　……四日目？　シェフとかアンバーとかは、とっくに気付いてるよね？」

さすがに私が出勤してこなかったり、姿が消えたりすれば、彼らは不審に思うはず。探してくれないだろうか。

「ん？　今日って、確か殿下がお戻りになる日じゃ……」

間違いない、王太子殿下と一緒に城に帰ってくる予定の日だ。

今日は忙しいだろうな……。厨房《キッチン》、大丈夫かしら？

城の皆の顔を思い出す。シェフにレヴェリッジさん、アンバーにお喋《しゃべ》りメイドたち、ハンスじいさんに副団長……

――そしてユリウス殿下。

癖《くせ》のある赤い髪と、目の下にある泣きボクロ。いつもにっこりと微笑んでいるその姿を思い浮かべると、自然と笑みが零《こぼ》れた。

「もう会えないのかなあ……せめて一回だけでも会いたいな」

そう呟いてから、ハッとする。

私は今何を言った？　殿下に会いたい？　ただのスカラリーメイドの分際《ぶんざい》で？

誰にも聞かれていないとわかってはいるが、顔が赤くなってしまう。

さすがに夢を見すぎだ。いくら優しくしてくれても、殿下はこの国の王子さま。片や私は田舎の農夫の娘。

前世の記憶があることや、色んな物を作れることから、殿下は物珍しく思って私を構ってくれる。それを変に勘違いしては駄目だとレヴェリッジさんから注意され、自分でも理解していたはずなのに……

「まあ恋愛ばっかりは理屈じゃないから、仕方ないよね――」

殿下はいずれどこかの国のお姫さまを娶《めと》り、幸せな家庭を築くに違いない。そして私の最初の両親のような仮面夫婦とは違って、愛に満ちた生活を送るはずだ。

だってあんなに素敵な人を、愛するなという方が無理だろう。きっとお相手のお姫さまも殿下を愛して……

そこで綺麗なドレスに身を包んだお姫さまが、ユリウス殿下に寄り添う姿を想像する。

すごくお似合いだ。私なんかよりもずっと。

私はゆっくりとベッドに腰掛ける。

自分の罪深さを忘れて分不相応《ぶんふそうおう》な恋心を抱くような人間は、ここで死んでしまっても──

「いいわけないでしょ！」

なげやりな気持ちになっては駄目だ。

私はベッドの上に寝転がり、自分を励まし始める。

「私、今回の人生は気に入っているんだもの……そりゃ殿下は無理だとしても、せめて誰か他の男性と恋愛したいわ……それに、殿下もまだ結婚しそうにないし……それまでは傍《そば》にいたって……だって、滅多にいないわよ？　私が本当のことを話しても普通に接してくれる人なんて……」

そのとき、足音が聞こえてきた。

鍵を開けて部屋に入ってきたのは、エドヴァルトだ。手には食べ物の載ったトレイを持っている。

ベッドに寝転がったままでいる私に向かって、彼は嫌味を言った。

「思ったよりも寛《くつろ》いでいるようですね」

「おかげさまで、なかなか快適に過ごせております」

私はにっこり笑って返事をする。

「その様子では、まだまだ心変わりはしそうにないな……」

エドヴァルトはため息を吐《つ》きながらトレイを机に置くと、私の方に歩いてきた。そして相変わらず寝転んだままの私を見下ろし、もう一つため息を吐く。

「庶民には、羞恥心《しゅうちしん》というものがないのですか？」

そう言って、私の膝《ひざ》あたりまで捲《まく》れ上がっているスカートをそっと手で下ろした。

……うーん、紳士だ。

「そのようにドレスを着たまま横になることには感心できません。しわになりますよ」

エドヴァルトは顰《しか》めっ面《つら》で私の手を掴み、上体を引き起こした。そしてチェストに近づき、一枚のドレスを手に戻ってきた。

「あのチェストに入っている衣服やタオルは、好きに使ってください。汚れ物はその籠《かご》に。毎朝メイドが回収しに来ます。食事は朝と夕方の二回、届けに来ます」

手に持っていたドレスを私の顔にばさりと被せながらも、部屋の使い方などを丁寧に説明してくれる。実は結構面倒見のいい人なのかもしれない。

「……聞いていますか？」

「あ、はい。ありがとうございます。ついでにここから逃がしてくださると、もっとありがたいんですが」

ようやくベッドから上半身を起こした私は、物は試しと思ってそう言ってみたのだが、エドヴァルトは苦い表情を浮かべて首を横に振った。

「それはさすがに無理です」

「ですよね。言ってみただけなんで、お気になさらず」

元より期待などしていないので、断られても平気だ。

「……そこのテーブルに置いたのは、今日の夕食です。水は多めに持ってきました。朝までは誰も来ないでしょうから、これで我慢してください」

エドヴァルトはぶっきらぼうに言ったが、その言葉も私を気遣うものだった。

……なに？　この気配り屋さん。私を監禁した一味の一人なのに、地味に良い人オーラが出ていて憎めない。

私は返事をせずに、その顔をじっと見つめた。

エドヴァルトは静かに部屋を出て行こうとしたが、扉の前で足を止める。

「たとえ我々に協力するつもりがなくとも、逃げようなどとは考えないでください。私たちの名前を知られてしまったからには、ここから出すわけにはいきません。もしあなたが逃げようとした場合……それなりの対処をしなければならなくなる」

私に背を向けたままそう言い残して、エドヴァルトは出て行った。

またも一人ぼっちとなった私は、彼が持って来てくれた夕食に目を向ける。

大してお腹は空《す》いていないが、のろのろとパンをに手を伸ばし、小さくちぎって口の中に放り込んだ。

15　囚《とら》われのメイド

ここに監禁されて五日目。部屋の窓から見える庭園は、来たときとは少し変化していた。

花が咲き始めたのだ。濃い緑一色だった庭を、ピンクの花が彩《いろど》っている。

その光景を見て、最後に殿下と会ったとき『恋人たちの散歩道』に咲いていたラヴィーシアの花を思い出した。

それを殿下が、そっと髪に挿《さ》してくれたことも思い出す。

「あーあ、お城の暮らし、気に入ってたんだけどなあ」

もはや人生を諦《あきら》めたかのような言い方だが、エレオノーレたちに協力しないと決めた以上、ここから生きて帰ることは難しそうだ。

「今回の人生はスカラリーメイドだったけど、王子さまとも知り合えたし、今までで一番良い人生だったかもしれないなあ……次はきっとこんな良い人生じゃないだろうし」

今回の人生は魔王城でがんばったご褒美《ほうび》っぽいから、次はきっと平凡な人生だろう。

だが、もしここでエレオノーレに協力したら、悪事に手を貸したと見なされ、ろくでもない人生になりそうな予感がする。

「ついてないなあ……あのまま城の皆の手助けをしていれば、たくさん善行を積めたかもしれないのに」

そんなとき、ドアが鈍い音を立てて開き、私の唯一の話し相手であるエドヴァルトが姿を現した。

「何回来られても、私の返事は変わりませんよ」

彼が口を開く前に言ってやった。

「あの方がお呼びです。いいですか？　今度こそよく考えて返事をしなさい」

「よく考えても、私の返事は変わりません」

「まったく……。どうしてそこまでユリウスを守ろうとするのです？　愛人であるはずのあなたを探しにすら来ない、薄情な男ではありませんか。ここで暮らした方が、遥《はる》かに楽しいと思いますよ？」

エドヴァルトは解《げ》せぬとばかりに首を傾げた。

「だから、愛人じゃありませんって……殿下は私の才能を認めてくださった恩人なんです。恩を仇《あだ》で返すなんてこと、できません」

「……ま、私にはどうでもいいことです。行きますよ」

エドヴァルトは私の腕を掴むと、ドアを開けて部屋から連れ出す。外には私を牢から客室まで案内してくれた兵士がいた。

「久しぶりに部屋の外の景色を見ました」

前と後ろに兵士、横には私の腕を掴むエドヴァルト。三人にがっちり囲まれている状態にもかかわらず、私は呑気に言った。

「あなたが強情を張らなければ、見放題ですよ」

「じゃあ、今後は二度と見ることができないかもしれませんから堪能《たんのう》しておきます」

私はエドヴァルトにそう返しながら、キョロキョロと辺りを見回すふりをして、どうにか逃げ出せないかと考えていた。

「そういった発言は、あの方の前では控えなさい。さもないと、こんな味気ない景色さえも見ることができなくなりますよ」

エドヴァルトは注意とも脅しとも取れる言葉を口にした。

「初めに断ったときから、それは覚悟してます」

私は彼を見ることもなく静かに告げた。

するとエドヴァルトが突然足を止める。振り返ってみると、彼は不思議そうに私を見ていた。

「……才能があって、見目《みめ》も悪くない。なのに、どうして死に急ぐ？　もっと人生を謳歌《おうか》したいとは思わないのですか？」

私を随分と高く買ってくれているようだが、エドヴァルトの考えは全て間違っている。

私は決して死に急いでいるつもりはない。常に人生をより良いものにしようとがんばっているつもりだ……何しろ神さまから見張られているのだから。

「もったいないお言葉ですが、私には過ぎた評価です。それに、仮に協力しようと思ったところで、知らないものは何度聞かれたって答えようがありませんから」

私が淡々と返すと、エドヴァルトはフンと鼻を鳴らして歩き出した。その返事が気にくわなかったようだが、仕方ない。

それ以上は話しかけられることもなく、黙って歩くこと十数分。エドヴァルトに先導されてエレオノーレの部屋へ入った途端、親しげに声をかけられた。

「アリーシアちゃん、ごきげんよう」

またもやカウチに半分寝そべるような格好で出迎えてくれたエレオノーレ。だが、明らかに前回よりもご機嫌だ。何せ「アリーシアちゃん」ときたくらいだもの。

私はその機嫌の良さに戸惑いながらも、ゆっくりと頭を下げた。

「どう？　気は変わったかしら？　……まあ、エドヴァルトが何も言ってこないところを見ると、変わっていないんでしょうね」

それを知った上で、この態度……本当に何があったのだろう？

「随分とご機嫌がよろしいようで……」

私の言葉に、エレオノーレは一瞬ピクリと眉を動かしたあと、わざとらしくため息を吐《つ》いた。

「そのような無礼な態度、本当なら鞭《むち》打ちくらいでは済まされないのだけれど……まあいいわ。今日の私は寛大なの。何しろ邪魔者の――」

「エレオノーレさま」

「無駄話はそれくらいにしておきましょう」

エレオノーレの発言を遮《さえぎ》ったのはもちろん私ではない。今日も彼女の背後に控える美男子と、私の横に立つエドヴァルトだ。

「そ、そうね……」

プライドが高そうな彼女だが、自分でも話しすぎたと思ったのだろう。二人の言葉にすんなり従う。

そして何事もなかったかのように話を続けた。

「城の間取り図に関してはもういいの。あなたに強要するつもりはないわ。それより、わたくしのもとで何かを作ってみる気はないかしら？」

「……何をお望みなのでしょうか？」

「わたくしが望んで手に入らないものは、一つだけ……そのためには、たくさんのお金がいるの」

エレオノーレは、そう妖艶《ようえん》に言って微笑んだ。

「十分なお金をお持ちだと思うのですが、足りないのでしょうか？」

「そうよ。けれど、あなたは言わば金の卵を産み落とす雌鶏《めんどり》……素晴らしいわ」

城の間取り図が描けなくとも私自身に価値があると思っているから、今日まで生かしていたのだろう。

「どうなの？　何か作ってくれると言うなら客室に戻して差し上げてよ？」

首を傾げて誘う彼女は、私が男ならイチコロになってしまいそうなほど色っぽい。

「必要なものがあるなら、なんでも言いなさいな」

何も答えない私を見て迷っているとでも思ったのか、彼女は条件を追加してくる。

私はその顔を見つめたまま考えた。

今の状態では逃げ出すのは無理だが、この話を受ければ逃げ出すチャンスが生まれるかもしれない。協力するふりをしているうちに、いずれ監視の目も緩《ゆる》むだろう。それに何より、彼女の上機嫌の理由が気になる。

ずっとケールベルグ城の間取り図にこだわっていた彼女が、急にそれはどうでもいいなどと言い出すのも不自然だ。先ほど何か言いかけていたことといい、別の手立てが見つかったのだろうか……？

エレオノーレの策略を見抜き、殿下に害が及ぶ前にどうにかして危険を知らせたい。そのためにも、何とか外に出なければ……

――申し出を受けよう。

「それほどまで私を買ってくださっていたなんて、光栄です……私でお役に立てるのでしたら、是非よろしくお願い致します。間取り図の件は申し訳ありません。お教えしたくとも、本当に知らないので……」

至極申し訳なさそうに言うと、エレオノーレは憐《あわ》れむような表情を浮かべた。

「そうだったの。てっきりあなたとユリウスは恋仲だと思っていたものだから、ユリウスの私室に繋がる秘密の通路も知っているとばかり……そうよね、いくらなんでも王族がスカラリーメイドに手を出すなんてこと、ありえないわよね」

手にしていた扇《おうぎ》を広げ、美男子に寄り添いながら、ホホホと笑うエレオノーレ。その発言に苛立《いらだ》ちが募る。

ようやく誤解が解け、間取り図のことも諦《あきら》めてもらえたというのに、このモヤモヤした感情は何……？

その後、私はエレオノーレに見送られて彼女の部屋を後にした。当然、まだ監視役の三人はついている。

どうせ教えてくれないだろうなと思いつつ、気になっていたことをエドヴァルトに尋ねた。

「あの男性、前回もいらっしゃいましたよね。彼はエレオノーレさまの恋人ですか？」

私の言葉に、エドヴァルトはピクリと眉を動かした。そして嫌悪感を露《あら》わにして冷たく言う。

「あなたには関係ありません」

……嫉妬しているのだろうか？

それっきり無言になってしまったエドヴァルトに連れられて向かった先は、初日に案内された部屋だった。

「もう高い部屋に閉じ込めなくてもいいんですか？」

扉の前で立ち止まり、私は皮肉っぽく尋ねた。するとエドヴァルトは、口の端を吊り上げる。

「先ほどエレオノーレの前で見せた殊勝《しゅしょう》な態度には感心しましたが、さっきの廊下での質問といい、やはりあなたはあなたのままですね」

「エドヴァルトさまが言ったんじゃないですか。エレオノーレさまの前ではこのような態度はやめろって」

わざと挑発してみたのだが、彼は乗って来なかった。呆れたように息を吐《つ》くと、いつもと変わらない淡々とした口調で話し始める。

「あなたは今日からエレオノーレのお抱え研究者になったんです。それを閉じ込めたりするわけにはいきません」

「はあ、それはどうも……」

「さあ、どうぞ。あなたの部屋です」

エドヴァルトはそう言って私の背中を押し、部屋の中に入れて扉を閉めてしまう。

鍵の音がしなかったので、私は扉をそっと開けて外を窺った。

「どうしました？」

そこに仁王立ちしていたエドヴァルトと兵士二人に見下ろされ、私は苦笑いを浮かべて扉を閉める。

すると扉の外から、彼らの会話が聞こえてきた。

「彼女は隙《すき》があればここから逃げ出そうとするでしょう。くれぐれも城内を散歩などさせないように」

「はっ、おまかせください」

「かしこまりました」

「では、あとは頼みましたよ」

エドヴァルトの立ち去る足音が聞こえてきたが、兵士たちはまだ扉の前にいるみたいだ。

私はベッドに腰掛け、ここからどうやって逃げようかと考える。

きっと扉の前の兵士たちは、四六時中ここに張り付くのだろう。まずはエレオノーレの信頼を得なければ。……エドヴァルトや兵士たちに命令できるのは、きっと彼女だけだろうから。


そう決意してからは早かった。

私はエレオノーレにゴマをすりまくったのだ。

まず初めに、エレオノーレの好みを聞き出した。どうやら彼女は見た目通り、着飾ることが大好きらしい。特に新しい物に目がないそうだ。

そこで私は転生知識をフル活用して、様々なドレスのデザイン画を描き上げた。自分のためにいつか使おうと考えていた、とっておき――ラヴィーシアの花をモチーフにした刺繍《ししゅう》までも、惜しみなく捧《ささ》げたのだ。

更には保湿成分や薔薇水《しょうびすい》を使用した、特製の美容石鹸を作って渡した。

またあるときは、薔薇《ばら》のエキスを濃縮《のうしゅく》した丸薬《がんやく》を作ってみたところ、エレオノーレは吐息が薔薇の香りになると言って、ひどく上機嫌だった。

結果、私はエレオノーレの信頼を得るに至ったのだ。

「エドヴァルト、アリーシアちゃんは庭に出て、花を見たいそうよ」

――まさに鶴の一声だった。

ここに拉致《らち》されてから約四十日。私はようやく庭に出ることに成功したのだった。

◇　◇　◇

「あと、セイレンギソウをこの籠《かご》いっぱいに入れてください」

私は庭にしゃがみ込んでいる兵士に籠を渡しながら声をかけた。

「わかりました」

兵士は私から籠を受け取ると、慣れた様子で庭に咲いているセイレンギソウという名の野草を摘《つ》み始める。

エレオノーレの許しが出てからというもの、見張りの兵士付きではあるが、こうして自由に外を出歩くことができるようになった。

他の人たちにとっては、たかが庭。されど私にとっては、大きな一歩だ。

今日も庭でハーブを採集……するふりをしながら、庭の様子を頭に叩き込んで部屋へ戻る。

知り得た情報はまだ少ないが、庭に東屋《あずまや》が建っているのを見つけた。エレオノーレは、庭にあまり興味がないのだろう。忘れ去られたような東屋には緑の蔦《つる》が巻きつき、周りの緑とすっかり同化してしまっている。よく目を凝《こ》らさないとわからないほどだった。

見張りの兵士の目を盗んで中も確認したのだが、不思議なことに外側に比べると随分と綺麗だった。もしかしたら、誰かが逢引《あいびき》にでも使っているのかもしれない。いずれにせよ、逃げ出すときに身を隠すのにちょうどいいだろう。

そんなことを考えながら、私は先ほど摘《つ》んだばかりのセイレンギソウを手にした。茎を藁《わら》で結んで、ほどよい大きさの束にする。これは乾燥させるためだ。

セイレンギソウは青紫の小さな花を咲かせ、とても爽《さわ》やかでいい香りがする草だ。ポプリにも使えるし、蝋燭《ろうそく》に練り込めばアロマキャンドルになる。使い勝手が良くてとても重宝《ちょうほう》するのだが、よく乾燥させなければ使い物にならない。

なぜなら乾ききっていない状態だと、無害だけれど鼻にツンとくる刺激臭がするのだ。燃やすことで、その刺激臭は何十倍も強烈になる。

この野草が庭に自生しているのを見つけてから、毎日こうして大量に集めている。

——私はこれで、異臭騒ぎを起こそうと思っているのだ。

ここから逃げる際に追っ手に怪我をさせたりすれば、来世がひどいものになりそうな気がする。

だから異臭騒ぎを起こして兵士を引きつけた上で、誰にも気付かれずに逃げるつもりだ。

……何で私が誘拐犯たちの身の安全まで考えないといけないのよ。

内心では納得いかなくとも、やるしかなかった。

私は決意を胸に部屋へと戻り、一人黙々と脱出のための作業を続ける。

やがて全ての作業を終えたところで、ドアの向こうにいる兵士に声をかけた。

「もう休みます。今日も一日中手伝ってくださって、ありがとうございました」

「わかりました」

こう言っておけば、彼らが部屋に入ってくることはない。

私は相変わらず施錠《せじょう》されたままの窓に寄り、下を覗《のぞ》き込む。

「よし、誰もいないわね」

私は、隠し持っていた針金を窓の鍵穴に差し込んだ。

数十分後、なかなか開く気配をみせない窓を前に、私は一人呟く。

「来世では、絶対に鍵師に弟子入りするわ……」

開かない窓と格闘すること数日。ようやく窓が開いたときには、踊り出したいほど嬉しかった。

16　脱出と救出

「逃げたぞ！」

「追え！　絶対に逃がすな！　殺せ！」

「駄目だ！　エドヴァルトさまから殺すなという指示が出ている！」

「ならば捕えろ！　生きてさえいれば多少の傷は構わんだろう」

遠くで男たちの怒声が響く中、私は何とか例の東屋《あずまや》に逃げ込んだ。じっと身を潜めていると、剣を鞘《さや》から抜く音などがすぐ近くから聞こえてきて、動悸《どうき》が激しくなる。

今捕まれば、良くて幽閉、最悪処刑だろう。

固唾《かたず》を呑んで身を潜め続けること数分。ようやく兵士たちの音が遠ざかって行く。

だが息を吐《つ》く間もなく、東屋《あずまや》の中に人が飛び込んできた。

見つかった⁉

私は慌てて東屋から出て近くの茂みに身を隠す。今度は先ほどとは逆に、東屋《あずまや》の外から中の音に耳を澄ましていると、予想とは違う声がした。

「アルフォンス、早く早く」

そう言ったのは、明らかに女性だった。しかもひどく甘い、まるで恋人に囁《ささや》くかのような声。

——兵士ではない？

私は勇気を出して、そっと中を覗《のぞ》き込む。すると、一組のカップルがいた。

さっきの声の主らしい女性と抱き合いながら笑っているのは、エレオノーレの愛人と思われるあの美男子である。

ええええ⁉

「それにしても、すごい兵士の数だな。何があったんだ？　おかげで見つからないようにここへ来るのが大変だったよ」

「もう、そんなことどうでもいいじゃない！　アルフォンス、愛しているわ。早く私と結婚してよ。いつまであの女の言いなりになっているつもりなの？」

「僕も君を愛しているよ。だけど、その話はまた今度にしよう。時間がもったいない」

戸惑う私をよそに、イチャつき始める二人。まさか本当に逢引《あいび》きに使われていたとは……

でもそのおかげで、エレオノーレの秘密を知ることができるかもしれない。そう思った私は、アルフォンスが女性のドレスの紐を解き、言い訳が不可能になったところで声をかけた。

「こんにちは。まさかこんなところで出会うとは、思ってもみませんでした」

「なっ!? 君は……！」

「きゃっ！」

二人は慌てふためいてお互いから距離を取った。だが、ここまでの一部始終を見ていた私にとっては今更である。

「てっきりエレオノーレさまの恋人かと思っていたんですが、私の勘違いだったようですね」

「違っ……！ いや、あの……その……」

しどろもどろになるアルフォンスを尻目に、私は女性に話しかける。

「すみません、見るつもりはなかったんですが……」

女性はばつが悪そうな顔でアルフォンスをチラリと見たあと、そそくさと東屋から出て行った。

「もし私がこのことをエレオノーレさまにお話ししたら、あなたはどうなるんでしょうねえ？」

アルフォンスは兵たちが何をしているのか知らなかった。つまり、私が逃げ出したことも知らないに違いない。

そう思って強気で迫ると、彼は青ざめた。

「やめてくれ！ そんなことをされたら、僕は殺されてしまう！」

「そんな大げさな。お優しいエレオノーレさまが、殺しなどなさるわけが――」

「君はここに来たばかりだから、彼女の恐ろしさを知らないんだ」

アルフォンスは、もはや真っ青になっている。

気が動転しているあまり、どうして私がここにいるのかという疑問すら抱いていないようだ。

「恐ろしいって、具体的にはどんな風にです？」

「そ、それは……僕の口からは……」

言い淀《よど》むアルフォンスに、私はゆっくりと微笑んでみせた。

「今までここで何回……いえ、何人の女性と会っていたんでしょうか？　お優しいけれど、プライドの高いエレオノーレさまのこと。もしこれを知ったら……相当がっかりなさるでしょうねえ？」

グッと詰まってから観念したように俯《うつむ》き、アルフォンスは呟く。

「……絶対に僕から聞いたと言わないでくれよ」

私は神妙な面持ちで頷くと、彼は更に声を潜めて言った。

「彼女は……エレオノーレは、王太子と第三王子の暗殺を企《たくら》んでいる」

「えっ⁉　そんな……！」

「しっ！　静かにしてくれ！」

思わず声を上げた私の口を、アルフォンスは焦った様子で塞いだ。

「本当だ。彼女は自分の息子を王位に就《つ》かせることと、自らが王妃になることに固執している」

「……王妃？　まさか、エレオノーレさまって……」

さらりともたらされた衝撃の事実に、私は唖然とした。

「知らなかったのか？　彼女は現国王の妻だ。僕が恐れる理由もわかるだろう？　王太子殿下ですら手にかけようとする人だぞ。僕なんて、虫を殺すよりも簡単に――」

アルフォンスの言葉を遮《さえぎ》り、私は問う。

「彼女が殿下たちのお命を狙っているという証拠は？」

「……書類などは全て処分されて残っていない。ただ……変な口ひげを生やした男が関わっているのは確かだ」

変な口ひげ……おそらくバーンズ男爵だろう。

「そうですか。確かにエレオノーレさまがそんな恐ろしいことを企む方なら、他に恋人がいるなんて知られたら大変ですね……。わかりました、今日見たことは誰にも言いません。だから、あなたもここで私と会ったことは忘れてください。良いですね？」

「……どうやら僕に拒否権はなさそうだ」

そう言って頷いた彼を残し、私はここを出ることにした。

「最後に一つ聞きますけど……エレオノーレさまの息子って？」

「それも知らないのか？　……エドヴァルト殿下だ」

「……ありがとう。あなたは少し時間を置いてここから出てください。私との仲を誤解されたくはないでしょう？」

そう告げて東屋《あずまや》から一人出たあと、私は周囲を窺う。

どうやら兵士たちは、陽動作戦にまんまと引っかかってくれたようだ。私はとりあえず唯一の出口である正門へ向かうことにした。

植え込みに隠れながら進むと、正門に近づくほど兵士の数が増えてくる。

「ちょっと、たかだか女一人を警戒しすぎじゃない？」

とはいえ、先ほど聞いた話が本当なら警戒するのも頷ける。

正門近くまで来たものの、植え込みはそこで途切れていた。そこから門までは身を隠せるような物といえば、まばらに生えている数本の木くらいしかない。

「ここからどうしよう……」

植え込みの隙間《すきま》から確認した限り、兵士は二十人ほど……これほどの兵士の目を盗んで進むのは無理だろう。

考えあぐねてそこから動けずにいると、何やら兵士たちの様子が慌ただしくなる。

何？　何かあったの？　まさか見つかった⁉

身を縮こまらせてじっとしていたら、鉄柵が閉じられたままの正門を挟んで小競《こぜ》り合いが始まった。だが声が聞こえないため、内容まではわからない。

ふと視線を辺りに走らせると、多くの兵士が正門の方に気を取られていた。皆チラチラと視線を送っている。

――まさに今がチャンスだった。

私は身を屈めたまま、木の陰に隠れて少しずつ前進する。

そのとき微《かす》かにだが、正門でのやり取りが聞こえてきた。

「――、――――――！　――」

「────、────────。────」

その内容までは聞き取れない。だが声のトーンやピリピリとした雰囲気から考えて、友好的な会話ではなさそうである。

何とか聞くことはできないかと身を出したが、それがいけなかった。私が隠れている木の表側に、一人の兵士が立っていたのだ。

「──っ！」

私は慌てて引っ込む。

だがさすがは兵士、すぐさま私の気配に気付いたようだ。

「ん？　誰かいるのか？」

兵士は私を同僚とでも思っているのか、呑気に尋ねてくる。

だがこのまま返事をしなければ、怪訝《けげん》に思ってこちらを覗《のぞ》き込むだろう。絶体絶命の大ピンチだ。

「……兵士じゃないのか？　じゃあ誰だ？」

彼が剣に手を掛けるカシャンという音がする。

「おい！　どうしたんだ？」

近くにいた別の兵士が、木の表側にいる兵士に声をかけた。

「この木の後ろに、誰か隠れている」

「って、おい……逃げ出した女じゃないのか？」

「まさか……」

「でも、もしそうならヤバくないか？　ここでそいつに出て来られると……」

二人が話し合っている隙《すき》に、私は一《いち》か八《ばち》か木の陰から飛び出した。

「――っ！　待て！　止まれ！」

よもや私が飛び出してくるとは思っていなかったのだろう。兵士たちの動きはワンテンポ遅れた。

一人の兵士が伸ばした手が、私の腕を掠《かす》める。

「ちいっ！」

舌打ちする兵士を後ろに残し、私は走った。

――田舎育ちを、ナメんじゃないわよ！

初めに私に気付いた兵士が、背後で大声を上げる。

「誰か、そいつを捕まえてくれ！」

「ば、馬鹿野郎！　大声を出すんじゃない！」

慌てて注意をした兵士の声も十分に大きい。結果、周囲にいた多くの兵士がこちらに注目した。

そして、それは正門の外にいた人たちも例外ではなかった。

十数メートル先にある正門の前に立ち、こちらを振り返っている兵士。その背後にチラリと見えたのは、【転生者】としての私を認めてくれた唯一の男性だった。

「殿下っ!?　ユリウス殿下!!」

まさかこんな場所にいるわけがない――なんて思いながらも、実はずっと夢見ていた。彼が、こうして助けに来てくれる瞬間を……

殿下は目を見開いて、こう言った。

「シア、無事だったんだな！」

私は固まっている兵士の間をすり抜け、殿下に走り寄る。その前に殿下は正門を開けるよう兵士に命じていたようだ。

閉ざされていた大きな鉄柵が、ゆっくりと開いていく。

「殿下！　殿下……」

「よかった、シア……怪我はない？　……と、聞くまでもなさそうだね」

そう言って殿下は私の頬に手を添え、指で軽く撫でた。

「ここも腕も、傷だらけだ」

「へ？」

殿下は首に巻いていたスカーフを外し、私の腕に巻きつける。高そうなシルクのスカーフに、ジワリと赤い血が滲《にじ》んだ。

驚いて自分の両腕をよく見れば、無数の擦《す》り傷がついていた。きっと庭を駆け回っている間に、小枝などで切ったのだろう。

茂みをくぐり抜けたりもしたから、今は服を着ているので見えない脚にも傷がついているかもしれない。

……ん？　茂み？

間違いなく、私の髪の毛はぼさぼさだ……憧《あこが》れの人を前に、この女子力の無さはどうだろう。穴があったら入りたい。

思わず小さくなる私の肩を、殿下はそっと抱いた。

「もう大丈夫だよ、シア。怖がることはない」

都合のいい勘違いをしてくれたみたいなので、私は否定することなく頷いておいた。

そんな私を背中に庇《かば》い、殿下は前を見据えて言う。

「……とにかく彼女を見つけた以上、もうここに用はない。私は自分の領地へ帰る。だが、決してこのままでは済まさないということを、義母上に伝えてくれ」

殿下の声は、これまでに聞いたことがないほど冷淡《れいたん》だった。

その声で命じられた兵士たちは、かなり怯《おび》えている様子だ。

「殿下、よくここがわかりましたね……」

「その話は馬車の中で。とりあえず、今はここを離れよう」

「お、お待ちください、ユリウス殿下！　何卒《なにとぞ》、お待ちを！」

縋《すが》るような兵士の声を無視して、殿下は歩き始めた。その殿下に抱えられるようにして馬車に乗せられた私は、徐々に小さくなる城を馬車からぼんやりと見つめる。

「アリーシア、何もされていないかい？」

私を気遣い、そっと尋ねてくる殿下に、私は頷いてみせた。

「そうか……良かった。君が攫われたのは僕のせいだろう？　怖い思いをさせてすまなかった」

「いえ、助けに来てくださっただけで十分です」

本心からそう言えば、殿下は困ったように笑う。

「もう知っているかもしれないが、あの城は義母上――エレオノーレ・ダーヴィッドの持ち物だ」

「……エレオノーレさまは、ここに住んでいらっしゃるのですか？」

「いや、普段は王都で父と暮らしている。だが二ヶ月ほど前から保養だなんだと理由を付けて、ここに来ることが増えていたらしい。アリーシアは、どうやってここに連れて来られたの？」

私はこれまでの経緯を、ポツリポツリと話す。そのあと、偶然知った暗殺計画のことも殿下に報告した。

「エレオノーレさまは、王太子殿下とユリウス殿下の暗殺を計画しているらしいんです。ただ証拠は何もなく、バーンズ男爵が計画に絡んでいるということしかわかりません」

「……そうか。知らせてくれてありがとう」

殿下は寂しそうに笑った。

「ところで、ここに義兄上《あに》はいたかい？」

その質問に、私は黙って頷いた。

「そうか、義兄上も加担していたか……」

更に寂しげな顔をする殿下を見て、私は思わず口を開く。

「でも！　……その、エドヴァルトさまは、エレオノーレさまの言葉には逆らえないといった雰囲気で……自ら進んで動いているようには見えませんでした。それに……確かに嫌味な人でしたが、城であれこれ世話を焼いてくださったのは、エドヴァルトさまなんです」

それを聞いた殿下は、クスリと笑う。

「見た目は冷たそうだけれど、エディ義兄上は昔から世話好きだった。二人でこっそり小動物を捕まえては餌付《えづ》けをしたものだよ」

……って、私は小動物扱いですか？

「まあシアがそう言ってくれるのなら、義兄上のことは大目に見よう。だが……義母上だけは許せないな」

瞳に剣呑《けんのん》な色を湛《たた》える殿下は、ひどく恐ろしい。

魔王さま？　え？　魔王さまなの？

エレオノーレに報復してくれるのはありがたいけれど、その算段は私のいないところでしてください。その真っ黒なオーラに耐えられません！

思わずぶるりと身震いしたあと、私は殿下の機嫌をとるべく話題を変える。

「ところで、殿下はどうしてここに？　どこかへ向かわれている途中だったんですか？」

そう尋ねると、殿下のオーラが更に黒さを増した。

「アリーシア……君は、僕がそんなに薄情な人間だと思っているのかい？」

にっこり笑っている殿下が、なぜかとても恐ろしい。

「いえ、まさか、そんな……」

「ああ、悲しいな。君にそんな風に思われていただなんて」

殿下はワザとらしく悲しんでみせる。

「し、信じてました！　殿下がきっと助けに来てくださるって、信じていましたとも！」

「ふうん。その割には、僕を待たずに自力で逃げ出そうとしたみたいだけどね」

「そ、それは……その……」

言葉に詰まった私を見つめたあと、殿下は爽《さわ》やかに笑って言う。

「ま、その方が君らしいといえば君らしいか」

褒められているのか貶《けな》されているのか微妙だが、ツッコむ気はさらさらない。それよりもまた話を逸《そ》らさなければ！

「そ、それにしても、よくここがおわかりになりましたね？」

「ああ、それも君のおかげだよ」

「私の？」

まったく身に覚えのない私は、首を傾げる。

「わからないかい？　近ごろ義母上の服装が変わったと、王城で話題になっているらしくてね。聞けば天藍風《ティエンラン》の衣装やら、見たこともない不思議なデザインのドレスやらを着ていると言うじゃないか」

なるほど、それで私がここにいると気付いたわけか……。エレオノーレの機嫌をとろうと思って、新しいドレスのデザイン画をたくさん渡したことが功を奏したようだ。

「といっても、君がデザインしたと言いきれるほどの決め手がなくてね。でも、あれで確信したんだ」

「あれ？」

「ラヴィーシアの刺繍《ししゅう》さ」

「……え？　それだけで？」

確かにラヴィーシアの花の刺繍は、私がデザインしたものだけど……なぜ？

「ラヴィーシアは綺麗な花だけど、小ぶりだし、あまりポピュラーなモチーフではないからね」

殿下は私の頭を優しく撫でたあと、ぎゅっと胸に抱いた。

「でも、本当に良かった。これでようやく最悪な状況を夢に見て、飛び起きることもなくなるよ」

いつもより少し低い殿下の声。力強く抱きしめられるその腕から、殿下が私のことを心配してくれていたことが伝わってきたのだった。


十日後の深夜、私は無事ケールベルグ城に到着した。皆、寝ずに待っていたらしく、懐《なつ》かしい顔ぶれが出迎えてくれる。

「アリーシア！　お前、無事だったんだな……良かった！」

私の頭をぐちゃぐちゃにかき回したあと、シェフはすぐにその場を後にした。けれど目尻がうっすら光って見えたのは、月明かりのせいということにしておこう。彼の名誉のために。

「ばかあ！　どこに言ってたのよー。早く帰って来ないから、アリーシアのベッド、私たちの物置になってるんだからね！」

泣きながら飛び掛かって来たのは、アンバーだ。私はしがみついて離れない彼女をくっつけたまま、他のメイドたちとも再会を喜び合う。

そこへ、殿下の出迎えを終えたレヴェリッジさんがやって来た。

「まったく……ユリウス殿下にさんざん心配をかけた上に、迎えにまで行かせるとは……」

「すみません……」

しゅんと項垂《うなだ》れた私を見て、レヴェリッジさんはわざとらしい咳払《せきばら》いをしたあと、いつもより少し早口で話す。

「ま、無事で何よりです。事情は殿下からお聞きしていますよ。しばらくはゆっくりと休養なさい。別に働きたいのならすぐに働いていただいても構いませんがね」

「……ありがとうございます。休養の方で」

このツンデレめ。

そんな風に皆からの歓迎を受け、久しぶりに自分のベッドに戻った私は、アンバーとたくさんお喋《しゃべ》りをした。失踪中のことを聞いてこないのは、きっと彼女の優しさだろう。

私がいなかったときにこの城であった色んなことを、アンバーが面白おかしく話してくれる。

こんな穏やかな夜は久しぶりで、ついつい明け方まで話し込んでしまったのだった。

17　突然の別れと思ってもみない正体

ケールベルグ城で休養すること、今日で七日目。

さほど疲れてもいなかったため、三日目には仕事に戻ろうとしたのだが、殿下の猛反対に遭って
そのままズルズルと休んでしまった。

シェフの機嫌が悪くなっていないだろうかと怯《おび》えつつ、厨房《キッチン》を覗《のぞ》きに行く。

すると、入り口のドアの向こうから怒鳴り声が聞こえてきた。

「馬鹿野郎！　てめえ、これは強火にかけるなって言っただろうが！」

「うわ……機嫌悪っ！」

これは、ドアをくぐるまでもないようだ。

とはいえ、私が仕事を休んでいるからというよりも、料理人の一人が何か失敗したためだろう。

苦笑いを浮かべていた私は、次に聞こえてきたシェフの言葉に息を呑む。

「まったく！　俺が抜けたあとは、お前がシェフになるんだろうが！　これくらいまともにできな
くてどうするつもりだ⁉」

「すみません！」

「もう一度作り直せ！」

「はい！」

鍋をコンロから下ろすガチャンという音と、トントンとテンポよく食材を切る包丁の音。

それを聞きながら呆然と突っ立っていたら、いつも頭に巻きつけているターバンを外しつつ、シェフが厨房《キッチン》から出てきた。

「アリーシア、いたのか」

シェフは一瞬驚いた表情をしたあと、目を逸《そ》らして気まずそうに呟く。

「……仕事、辞めるんですか？」

「聞こえていたんだな。……少し、歩くか」

困ったように笑ったシェフは、私の横を通り過ぎ、庭を歩き始める。私は無言のままその後に続いた。

やがてたどりついた先は、私がいつも殿下と待ち合わせしていた『恋人たちの散歩道』であった。

そこでようやく足を止めたシェフは、私を振り返る。

「疲れは取れたか？」

いつもの彼と同一人物だとは思えないほど穏やかな調子で聞かれ、私は笑いながら首を横に振る。

「元々それほど疲れてなかったんですよ。皆さんが心配しすぎているだけで……」

「そうか、それなら良かった。相談を受けていながら、守ってやれなくてすまなかったな」

そう呟いた彼の表情は、いつもの自信に満ちたものではなく、なんだか苦しそうだった。

「何を言ってるんですか？　もしかして、責任を感じている……とか？」

私が茶化すように言うと、シェフは傍目《はため》にもわかるほどグッと歯を食いしばる。

「……はっきり言っておきますが、あれは私のミスですよ。庭に現れた可愛いウサギに気を取られて、油断してしまったんです。むしろ何も知らなかったはずの殿下に事情を説明をしてくださったのは、シェフなんじゃないですか？」

「俺には、それくらいしかできなかったからな」

「それで十分ですよ。ありがとうございます」

そう言って頭を下げると、シェフはようやく笑ってくれた。

「お前は強いな。俺の下でこれまで仕事が続けられたわけだ」

「せっかくまた一緒に働けると思っていたのに、辞めてしまうんですか？」

シェフはゆっくりと、だがはっきり頷いた。

「ああ、辞める。ひと月後にな」

「そんな急に……理由を尋ねても？」

「ありふれた理由さ。国から呼び戻された、ただそれだけだ」

シェフは明らかにこの国の人ではない。肌色も名前もかなり特徴的だ。きっとこの大陸の中央辺りに位置する砂漠の国――シャムスバラドの出身だろう。

そう思いつつも、これ以上詳しく尋ねてもいいものか迷った私は口ごもる。

「国から……そう、ですか……」

「なんだ？　遠慮するなんて、お前らしくないな。何でも聞けよ」

「……わざわざシェフを呼び戻すということは、それなりの事情があるんですよね？　そこまで聞いても良いですか？」

この若さで王子の城のシェフにまでのぼりつめるなんてことは、滅多にないはず。これほどの成功を収めている彼をわざわざ呼び戻すなんて、よほどの事情があるんだと思う。

一度国に戻れば、もうこちらには戻れないほどの事情が。

「……叔父が死んだんだ。叔父といっても、俺の育ての親みたいなものでな。叔母と従弟も一緒に亡くなって、従妹だけが無事らしい」

「そんな……」

シェフの言葉に、私は思わず絶句した。事故か何かだろうか？

「さすがにこうなっては、向こうの頼みを断れない。従妹を一人にするわけにもいかないしな……」

シェフは珍しく意気消沈した様子だが、無理もない。身内を一度に何人も失ったのだから。

「叔父さまたちのことは残念です……お悔やみを申し上げます」

「気にするな。だが、さすがに戻らないなんて我儘《わがまま》を言える状況じゃないだろ？　叔父上のおかげで、ずっと好きに生きてこられたんだ。その恩を返すときが来たということさ」

そう言って、全てを吹っ切ったかのようにシェフは笑った。

思わず息を呑むほど美しい、力強い笑顔だった。

「そうですか……。何か私にできることはありませんか？　これまでのお礼として、何か……」

シェフにはとてもお世話になった。私も彼への恩を返せないまま会えなくなるのは嫌だ。せめて必要なものを言ってくれれば、何としてでも作ってみせるのだが……

するとと彼は考え込むように目を伏せたあと、私を見据えて静かに言った。

「……一緒に来てくれるか？」

「え？」

意味が理解できず、目を見開いて固まった私を見て、シェフがフッと笑う。

「冗談だ。でも、そうだな……あの猫、覚えてるか？」

「猫って、湖の近くにいた白猫のことですか？」

以前、私が水浴びをしていたときに、シェフが餌《えさ》をやりに来ていたらしい仔猫を見た。

「そうだ。あの猫の世話を頼んでもいいか？」

「それは構わないですけど……他にはないんですか？」

「ああ。それだけでいい。猫のことを頼んだぞ」

優しく微笑んだあと、彼はじっと私を見つめる。

「お前、殿下のことが好きなんだろ？　身分差がなんだ、がんばれよ。お前ほどのガッツがあれば、きっと乗り越えられるさ……それでも、もし逃げ出したくなったら、シャムスバラドに来い。料理はもう作ってやれないだろうが、話し相手にはなってやれるから」

「……シェ、シェフううう！」

シェフの優しさに感動した私は、涙と鼻水を垂らしながら、抱きつこうと突進した。だがヒョイとかわされ、そのままラヴィーシアの花の中に突っ込むはめになる。……地味に痛い。

「避《よ》けないでくださいよお！」

「バーカ。男の胸に飛び込むときは、それなりの覚悟をしやがれ」

シェフはいつもの笑みを見せると、「仕事だ仕事！」と言って歩き出す。

「シェフううう！」

走ってその背中に抱きつこうとした私を、シェフは片手で制止した。

「お前！　その汚ったねえ顔をどうにかしてから戻って来い！」

そう言って、今度こそ本当に一人で歩いて行ってしまう。

「相変わらず口が悪いんだから……」

私は自分で思っていたよりも、彼を慕《した》っていたらしい。まるで実の兄との別れのようだった。

ポケットからハンカチを取り出して顔を拭《ぬぐ》い、ラヴィーシアの花を一輪摘《つ》んで香りを嗅ぐ。

数分くらいそうしていたら、ようやく気持ちが落ち着いてきたため、私は厨房《キッチン》への道を戻り始めた。

アーチを抜けたところで、レヴェリッジさんが庭から城に入って行くのが見えた。

城内に消えた背中をぼんやり見つめながら、そう言えばケールベルグに帰って来てから、まだ一度もここで殿下とお話ししてないなあ、と気付く。

呼び出されることを当然と思っているわけではない。だが、エレオノーレに攫われるまではほぼ毎日会っていただけに、少々寂しい。

とはいえ下手に自分から近づけばレヴェリッジさんに叱られるだろうし、あくまで受け身でいるしかない。

「シェフはがんばれって言ってくれたけど、どうしたらいいのかわからないよ……」

ポツリと漏らした言葉は、誰の耳にも届かないまま風にかき消されたのだった。

◇　◇　◇

今日もアンバーたちが仕事に行ってしまったあと、私は一人、部屋のベッドに座って寛《くつろ》ぐ。

すると、開いたままのドアをノックする音がした。

振り返れば、そこに立っていたのはユリウス殿下だった。

殿下に会うのは、実に十五日ぶりである。

「シア、調子はどうだい？」

「殿下……」

「本当はもっと早く会いに来たかったんだけど、色々と忙しくてね」

確かに殿下は、少し疲れた顔をしている。

「レヴェリッジから聞いたよ。明日から仕事に復帰するんだって？」

「はい……シェフと一緒に働けるのも最後ですから……」

あと十日もすれば、シェフは故郷のシャムスバラドに帰ってしまう。遠い国だから、きっと二度と会うことはないだろう。そう思うと、残りの十日間はなんとしてでも一緒に働きたかった。

「僕にとっても、サハルは大切な友人だったんだ……残念だけど仕方ない。でも国が安定すれば、きっと遊びに来てくれるさ」

「国が安定すればって……どういう意味ですか？」

意味がわからず尋ねると、殿下は驚いたような顔をした。

「まさか、サハルから聞いていないのかい？」

「え……何をですか？」

「彼が国に帰る理由だよ」

「聞きましたよ。叔父さんとそのご家族が亡くなられたって……」

「ああ。サハルの叔父上はシャムスバラドの君主だろう？　だから国内はひどく混乱しているみたいなんだ」

殿下の言葉を聞いて、私の顎《あご》が落ちんばかりに大きく開いた。

「君主って……君主って……」

口をパクパクさせるが、ひどく混乱しているため、まともな言葉が出てこない。

そんな私の様子を見た殿下は、明らかに『しまった』という顔でそっぽを向いた。

「殿下！　こうなったら、全部話してくださいよ！」

いつもは少し距離を取って立つよう心がけているにもかかわらず、私は殿下に触れてしまいそうなほど詰め寄る。

「……君とサハルは仲が良いから、てっきりもう聞いているものとばかり思っていた」

「聞いてません。どういうことですか？　何で他国の王族が、ここでシェフなんてやってるんですか⁉」

上級職とはいえ使用人だ。間違っても王族が就《つ》く仕事ではない。

「さすがにそれは、本人に聞いてくれ。まだ十日もあるんだし……」

「じゃあ、他のことで知っていることを全部言ってください」

シェフとはそれなりに信頼関係を築いてきたつもりだが、本当のことを教えてもらえなかったことがショックだった。

私が落ち込んだことに気付いた殿下が慰《なぐさ》めてくれる。

「信頼しているからこそ、なかなか言い出せないこともあるさ。シアだって、サハルに【転生者】だとは話していないだろう？」

ゆっくり頷いた私の頭を、殿下は優しく撫でてくれた。

「君との関係を壊したくなかったんだよ、きっと。僕がシアに王子だと言えずに、庭師のふりをしてたみたいにさ……」

「……私が庭師だと勘違いしてるのを知ってて、黙ってたんですか？」

「えっ⁉　今更そこにツッコむのかい？　まあ、だからわかるな。僕もサハルの気持ちが……」

確かに、もしシェフがシャムスバラドの王族だと知ってしまったなら、これまでのような気安い態度はとれなかっただろう。それを思うと、彼が秘密にしているのなら
「私は知らないふりをしていた方が良いんでしょうか？」

「知らないと嘘をつく必要はないと思う。だけど急に態度を変えたりはせず、これまで通りに接した方がいいと思うよ。少なくとも僕は、シアに急に態度を変えられたとき、傷ついたからね」

……きっと私がレヴェリッジさんに注意されて、殿下から距離を取ったときのことを言っているのだろう。確かにあのときは何も言わずに避け出して、悪いことをしたと思っている。

「すみませんでした」

「謝ってほしいわけじゃないよ。これまで通り、僕にありのままのシアを見せてくれたらいいんだ」

「……善処します」

私の言葉に笑ってみせた殿下は、ゆっくりとベッドに座る。

「サハルのこと、知りたい？」

私が頷くと、殿下は視線を床に落とし、低い声で話し始めた。

「サハルから聞いたわけではなく、シャムスバラドの現在の状況を踏まえた僕の推測にすぎないよ？　聞いていて楽しい話でもないだろうし。それでもいいかい？」

「お願いします」

「……君主とそのご家族は、事故死だったと聞いている。もちろん事故を装《よそお》った暗殺の可能性も考えられるけどね。唯一生き残った直系王族は姫だそうだが、シャムスバラドでは女性の王は認められていない」

殿下は厳しい顔で説明する。確かに、聞いていて楽しい話ではない。

「残された姫は王権を維持するため、国内の有力貴族を婿に迎えるだろう。だが父王亡き今、後ろ盾のなくなった姫の立場は弱い。新たな君主となった婿殿から王位を乗っ取ろうとする輩《やから》もいるはずだ。そういった事態を未然に防ぐためには、前主と血の繋がった男の君主が必要だ。そうなると当然、甥《おい》のサハルに声がかかるわけってさ……」

そこで殿下は大きなため息を一つ吐《つ》く。

「こういった話は息が詰まるね……王族というものは、どの国も同じだな」

「……殿下もご経験が？」

「少し違うけど、シアが誘拐された一件も、蓋《ふた》を開ければ王位争いが原因だ」

まさか自分の誘拐事件に王位争いが絡んでいたとは思わず、私は目を見開く。

「義母上は、エディ義兄《あに》上を王位に……いや、自分が王妃の座に就《つ》きたいがために、イザーク兄上と僕を暗殺しようと思ったんだろう。僕たちがいる限り、エディ義兄上は王位に就けないからね。もしエディ義兄上が王になれば、義母上は王妃どころか、それよりも上の王太后《おうたいごう》の地位を得られる」

「そういえば、エレオノーレさまとエドヴァルト殿下はどうなったんですか？」

「実は彼らの処分を決めるのに忙しくて、なかなかシアにも会いに来られなかったんだよ」

なるほど、それでこんなにも疲れた顔をしているわけね……

「もうシアが狙われることはないから安心してくれ。それと、もしシアが欲しいと言うなら、義母上が慰謝料を払ってくれるそうだ。たっぷりふんだくってやればいい」

ニコニコと笑う殿下だが、全身から真っ黒なオーラが滲《にじ》み出ている。

「……ありがとうございます。あの、お二人はどうなるんですか？」

「義母上は、近々父に離縁されるだろう。ただそれだけだ。暗殺を企《くわだ》てたという証言はあったものの、証拠は何一つ出なかったからね……全ての片が付くまでは、王城に軟禁されるそうだ。エディ義兄《あに》上は王位継承権を剥奪《はくだつ》されて、今は自分の領地で謹慎している」

「そうですか……」

物証が出なかった以上、重罪には問えないのだろう。証言はあっても、スカラリーメイドである私の発言力は弱い。身分とはそういうものだ。

まあ、殿下には怪我一つなかったのだから、それ以上は何も望んでいないけれど。

「……やはり不満かい？」

殿下の問いに、私はゆっくりと首を横に振った。

「それほど辛い目や怖い目に遭ったわけでもありませんし、あの二人を恨む気持ちもないんです。もし殿下に傷の一つでも負わせていたなら、恨んでいたでしょうが……」

「僕も同じ気持ちだ。もし君が……いや、これ以上は言うまい。身内の争いに巻き込んでしまってすまなかった。シアに怪我がなくて本当に良かったよ」

じっと見つめられ、私は慌ててベッドから立ち上がる。

何この雰囲気!? 駄目よ！

「あっ、ありがとうございます。丈夫さだけが取り柄なので……そ、そろそろ仕事に戻りますね！」

「……仕事は明日からだと聞いたけど？」

殿下は笑いを堪《こら》えながら言う。

「明日……の、準備をするんです！」

「そう、わかったよ。仕方ない、真面目なシアの邪魔をしちゃいけないね。僕は失礼しよう」

「で、出口はあちらです！」

「ご親切にどうも。じゃあね」

私の失礼な態度を気にするどころか、むしろ楽しそうに笑いながら、殿下は部屋を出て行くのだった。

◇◇◇

殿下のアドバイスに従い、シェフに対しては、最後まで以前と同じように振る舞った。そしてシエフもこれまで通り王族だなんてことは微塵《みじん》も感じさせず、言葉使いは荒いけれど実は優しい上司として接してくれた。

そして結局、シェフになった経緯は聞けずじまいだった。

城の皆に惜しまれながら、シェフが去って一週間。

今、場内にはシェフと入れ違いで再訪したイザーク王太子殿下が滞在している。

シェフの……いや、サハルさんの跡を継いで新たなシェフとなったエジットさん。彼にとっては、いきなりの大仕事だ。

だが、この二週間の間にサハルさんからみっちり仕込まれたおかげで、大きな問題もなく順調に仕事をこなしている。

ただ怒声や罵声《ばせい》が飛ぶことのなくなった厨房《キッチン》は、たとえるなら気の抜けたソーダのようで、少し寂しい。

「アリーシアちゃん。猫の餌《えさ》、ここに置いておくよ」

仕事がひと段落したお昼過ぎ、エジットさんがボウルをテーブルに置きながら言った。

「ありがとうございます、エジットさん」

当初、猫の餌はどうしたらいいのかと悩んだ末、「もしや転生知識を生かしてキャットフードを作れということか⁉」と考えたこともあったが違ったらしい。

サハルさんはエジットさんに、毎日猫の餌を作って私に渡すよう頼んでくれていた。エジットさんは猫を見たこともあるそうで、時折猫の様子を聞いてくるのだ。

「猫はどう？　元気？」

「はい、とても。最近は自分で捕まえた獲物を見せてくれることもありますよ。前は生きたカエルを咥《くわ》えてたんで、驚いちゃいました」

そう答えると、エジットさんは目尻のしわを深くして笑った。あのサハルさんの後釜が務まるのだろうかと心配になるくらい、穏やかなおじさんなのだ。

「じゃあ、猫に餌をあげてきます！」

「その前に、これを殿下に渡して来てくれる？」

手渡されたのは、お皿に盛られた焼き菓子だった。まだほんのり湯気が立っているところを見ると、できたてなのだろう。

「でも——」

「これ、次のパーティーで出すお菓子なんだよ。一度食べておきたいから持って来てって、殿下から頼まれてたんだ。でも俺は厨房を離れられないから、頼むよ」

「わかりました。……ありがとうございます」

実はエジットさんは猫のことに限らず、他にも色々と気を遣ってくれるのだ。私の恋心を知ってか知らずか、こうして何かと殿下絡みの仕事を回してくれる。

「なんのことかな？　むしろ、お礼を言いたいのはこっちなんだけど？」

そう言ってエジットさんはとぼけてみせた。

「もう！　行ってきますね！」

「気を付けて。殿下は二階の書斎にいらっしゃるからね」

エジットさんに温かい目で見守られながら、私はクロッシュを被せたお皿を落とさないよう慎重に運ぶ。

久しぶりに殿下に会える。時間があればお話もできるかもしれないと思うと、足取りは自然と軽くなった。

エジットさんに教えられた通りに廊下を進むと、突き当たりにドアが見えた。近寄ってみれば、ドアは少し開いている。きっと誰かが閉め忘れたのだろう。

そう思って特に気にすることなくノックをしようとした私は、思わず手を止めた。部屋の中から声が漏れ聞こえてきたからだ。

「ユリウス、お前の言った通りだった。バーンズを問い詰めたら、簡単に認めたよ。……義母上も、王妃になりたくて必死だったのだろう。まさか私とお前の相討《あいう》ちを企《たくら》んでいたとはな」

低い声で話しているのはイザーク王太子殿下だ。

「それにしても、お前から誘拐犯だと疑われるとは思わなかった」

「兄上、それについてはもう謝ったでしょう」

困ったようなユリウス殿下の声も聞こえる。

「まあ、無理もないか……私もあの娘を引き抜こうとしたことがあったからな」

そうだ……失礼な上にしつこい勧誘をされたんだった。ユリウス殿下に疑われたとしても、それは王太子殿下の自業自得だ！

私は扉の陰に隠れながら、心の中で殿下を応援する。

「バーンズは末端とはいえ兄上の派閥《はばつ》の者だ。上昇志向……いや、権力欲と言うべきかな？　それが強い彼なら、兄上がシアを攫えと言えば尻尾を振って従うと思ったんです」

「実際、昇進が目当てで義母上に協力したようだしな。とはいえ、もし計画が成功していたならば、あいつは義母上に消されただろうが……」

「使えませんからね」

いかに口ひげ男爵といえど、ここまでこき下ろされていては、何だか憐《あわ》れだ。

「そもそも僕が兄上に疑惑の目を向けることを、義母上は狙ったんでしょう。そうでなければ、わざわざあの者を使いませんよ。何しろ一度見たら忘れられないほど特徴的な口ひげですからね。勧誘役には向いていません」

「確かに……ま、あいつも今後は悪巧《わるだく》みなどできなくなるだろう。爵位を剥奪《はくだつ》したからな。貴族の地位と金がなければ何もできない男だ」

その言葉に、ユリウス殿下は不満げな声を上げる。

「兄上にしては、随分とお優しい処分ですね」

「そう言うな。あいつが自白したおかげで、義母上の計画が明るみになったのだからな……それに、あいつがしたのは、せいぜいメイドを引き抜こうとしただけだ」

「でも、シアは誘拐されたんですよ？」

ユリウス殿下が言ったあと、王太子殿下の低い笑い声が響く。

「アリーシア・オルフェといったか？　確かに有益な者ではあるが……たかがメイド一人のためにそこまで必死になるなんて、お前らしくないな。惚《ほ》れているのか？」

王太子殿下の言葉を聞いて、私の心臓が大きく跳ねた。

彼らは、ここで私が盗み聞きしていることを知らない……罪悪感はあるけれど、殿下の心を知る絶好のチャンスだった。

私は耳を澄ましてじっと答えを待つ。たった数秒が数分にも感じられた。

「まさか！　相手はメイドですよ？」

驚いたように否定した殿下の言葉で、私は奈落の底に叩き落された。まだ二人の会話は続いているが、それ以上聞く気にはなれない。

ショックのあまり、足がガクガクと震え出す。こんな状態で二人の前に出ては、きっと盗み聞きをしたことを知られてしまう。

そう思った私は、お皿を手にしたまま踵《きびす》を返した。

だが、途中でティーセットを運んで来たレヴェリッジさんと鉢合わせしてしまう。

明らかに様子がおかしい私を見て、レヴェリッジさんは眉を顰《ひそ》めた。

「あなたがここにいるのは珍しいですね。どうかしましたか？」

「いえ……」

私は疚《やま》しさから、彼と目を合わせることができずに首を横に振った。

「……手に持っているものは何ですか？」

「あ……これを殿下のお部屋にお届けするよう、エジットさんから言われたのですが、王太子殿下とご一緒でしたので……」

「賢明な判断です。私が預かりましょう」

「お願いします」

そう言ってお皿をレヴェリッジさんに渡すや否《いな》や、私はその場から逃げ出した。

「廊下を走ってはいけません」

背後からレヴェリッジさんの冷静な声が聞こえたが、私は初めて彼の言葉を無視して走り続けた。

――その一週間後、私はケールベルグ城から姿を消したのだった。

18　絡まった糸の行き着く先

「アリーシア、この部屋もお願いね」

新しい雇《やと》い主である老婦人にそう言われ、私は笑顔でお辞儀をする。

「かしこまりました」

毛ばたきを手に、指示された部屋の掃除に取り掛かった。

実は今、私はデーレンダール領――つまりエドヴァルト殿下の領地にいる。

ユリウス殿下の気持ちを知ってしまった私は、すぐに仕事を辞める決心をした。

私の離職願いを受け取ったレヴェリッジさんは、何も聞かなかった。

彼はあの日廊下で私と別れたあと、殿下のところへ行ったはず。

――少し開いているドア、漏れ聞こえてくる話、ひどく動揺していた私。

それらから、何があったのかを察したようだった。

「あなたほど、楽しそうに仕事をするスカラリーメイドを手放したくはないんですがね、仕方ありません」

そう言って紹介状を書いてくれた上に、次の勤め先の斡旋《あっせん》までしてくれたのだ。

とりあえず、私は一刻も早く殿下の領地から出たかった。だからレヴェリッジさんに勧められるまま、デーレンダール領に住む裕福な老婦人の屋敷に就職したのだ。デーレンダール領といえば、因縁の相手――エドヴァルト殿下の領地だということにはあとになって気が付いた。

私のことをさぞかし恨んでいるはず。ここにいても大丈夫なのだろうか？

そう思った私は、レヴェリッジさんに手紙を出した。レヴェリッジさんから私宛に届けられた手紙には、エドヴァルト殿下が私のことを恨んでいないこと、むしろエレオノーレの暴走を止めた私に感謝していることが綴《つづ》られていた。

どうやらエドヴァルト殿下自身は、王位など望んでいなかったらしい。ただ王妃という地位に固執するあまり壊れていく母親が、憐《あわ》れで見捨てられなかったのだという。

実際ここで働き始めてふた月以上経つが、エドヴァルト殿下からの嫌がらせなどはなく、月日は穏やかに流れていた。


「紹介状があれば、スカラリーメイドよりもいい仕事につけるでしょう」

そのレヴェリッジさんの言葉通り、私はハウスメイドとして雇ってもらうことができた。

毎日屋敷の掃除をするのが仕事だが、ケールベルグ城に比べると部屋数がずっと少ないため、思っていたよりも楽だった。日が昇る前に起きる必要もなければ、深夜まで働きづめということもない。

今日も、午前中の仕事を終えた私は、庭に出た。

今の季節は陽射しが気持ちいい。太陽の光を浴びながら、そっと目を閉じる。

そこで、「にゃあ」と可愛く鳴きながら足元に擦《す》り寄って来たのは、サハルさんから世話を頼まれた白猫である。ケールベルグを離れる際、連れてきたのだ。

幸い動物好きの老婦人から庭に放していいと言われているため、ここで放し飼いさせてもらっている。

私はそっと猫を抱き上げ、その鼻先にキスをした。

「元気？　お前の元の飼い主さん……サハルさんは、今頃何してるのかな？　彼ががんばれって応援してくれてたのに、逃げてきちゃった。きっとバレたら、『馬鹿野郎！　ちゃんと自分の気持ちをあいつに伝えろよ！　それから逃げても遅くねえだろ！』って怒られちゃうね」

なんて言いつつも、私自身がそう思っているのだろう。

私は後悔しているのだ。逃げるにしても、思いを告げてからにすればよかったと。

「ま、結果はわかってるんだけどね」

――まさか！　相手はメイドですよ？

驚いたような声で否定する殿下の言葉が、頭の中で何度もリフレインする。

寝ては夢に見る、起きても思い出すで、辛かった。こんな思いをするのは、長い転生生活の中でも初めてだった。

殿下の真っ赤な髪に、色っぽい目元のホクロ。楽しそうな笑みと、優しい声。今でも目を閉じると、全てを思い出すことができる。

「いっそ全部忘れられたら楽なのに……死んでも忘れられないなんて……」

そう呟いたとき、風がザッと吹き、ふと懐《なつ》かしい香りがした。

私の宝物――ユリウス殿下からもらった香水の匂いだ。

けれど、あの花は殿下が自分で改良したもの……ここに咲いているはずもない。

香りと共に思い出す、甘く切ない恋心。それに耐えようと、私は強く目を閉じる。

そのとき、不意に後ろから声がした。

「何を忘れたいんだい？」

私はハッとして後ろを振り返る。

ついに、幻を見るまでになってしまったらしい。

そこには、赤い髪を風に靡《なび》かせたユリウス殿下が立っていた。

まるで時が止まったかのように、二人とも動かない。ただ私が抱いていた猫だけが、身じろぎして私の腕の中から抜け出していった。

私は目の前の殿下を、瞬《まばた》きもせずじっと見つめる。目を閉じたら最後、その姿が消えてしまいそうな気がして。

「シア。一体何を忘れたいんだい？」

「また喋《しゃべ》った……」

——まさか本物？

何も答えず目を白黒させる私に痺《しび》れを切らしたのだろう。殿下は大股で近づいてくる。

「やっと見つけた……」

そう呟いたかと思ったら、突然私をぎゅっと抱き締めた。

その瞬間、懐《なつ》かしい匂いに包まれる。

「シア」

「殿下……」

「にゃあ」

……感動の再会をぶち壊す猫。

ご主人さまから離れろとばかりに、殿下の足元で猫パンチを繰り出している猫の首をつまむと、殿下はそのまま目の高さまで持ち上げた。

「……随分と大きくなったけど、レディかい？」

「え？　ええ」

私が肯定したら、殿下はむすっとした表情になる。

「てっきりこの猫と一緒に、君もサハルのところへ行ったのかと思った」

「私が、サ、サハルさんのところにですか？」

素《す》っ頓狂《とんきょう》な声でそう聞くと、殿下が無言で頷いたため、私は慌てて否定する。

「ないない、ないです！　っていうか、まずシャムスバラドに行く旅費がないですし、滞在するお金もありません」

「その言い方だと、金があったら行ってたってことかい？」

殿下は目を細めて言う。

「……まあ、一度は顔を見せに行きたいなあとは思ってましたけど」

「一度って……会いに行ったら、きっとこちらには戻って来れないと思うけどね……サハルが引き留めるだろうし。それに滞在費なんて必要ないと思うよ。城に泊めてもらえるはずだ」

「あのサハルさんがお城に泊めてくれますかねえ」

「……シアとサハルはどういう関係なんだ？　……彼を愛していたのかい？」

真剣な表情で尋ねてくる殿下に首を傾げつつ、私はきっぱり答える。

「まさか！　上司と部下です」

「本当に？」

「はい……って殿下、それよりどうされたんですか？　どうしてここに？」

再会の喜びと失恋の痛みが綯交《ないま》ぜになり、語尾が掠《かす》れる。

「もちろん、アリーシアに会いに来たんだ」

「……私に？」

「ああ。レヴェリッジから大体の事情は聞いたが、シア、君が城を出て行ったのはなぜだい？」

あまりに直球な質問に、私はグッと唇を噛みしめた。

「僕とイザーク兄上の話を聞いていたんだろう？」

バレているのなら仕方がないと、私はゆっくり頷いた。

「やっぱり……。シア、正直に答えてくれ。どこまで聞いた？」

「……ユリウス殿下が、『私のことが好きだなんてありえない』とお答えになったあたりまでです」

何度も頭の中でリフレインされた言葉とはいえ、口に出すのは辛かった。

「いいかい、シア。そのあとで僕は、兄上からこう指摘されたんだ。『お前は自分の中に芽生えた恋心を自覚してないんだな』ってね」

「えっ？」

まさかと思いながらも、私は尋ねた。

「……もしかして、あの……殿下は私のことを？」

「ああ。愛している」

はっきりと言われ、頭を殴られたような衝撃を受けた。

「兄上に指摘されたあともいまいちピンとこなかったけど、君を失ってからようやく気付いたよ……ありふれた言い方だけどね」

「……でも、どうして今頃？」

私がケールベルグ城を出てから二ヶ月以上経っている。その不自然に開いた月日に疑問がわき上がる。

「初めは、君がサハルのところに行ったと思っていたんだ」

「なぜですか？」

「……以前、『恋人たちの散歩道』でサハルから『一緒に来い』と誘われていただろう？　ちょうど僕もその近くに居てね、偶然とはいえ話を聞いてしまったのさ」

「盗み聞き……」

思わずボソリと呟くと、殿下は困ったように笑う。

「お互いさまということで、今回は大目に見てくれないかい？」

その言葉に、私はしぶしぶ了承する。

「だから、僕はてっきり君がサハルの後を追ったものと思ったんだ。君たちは仲が良かったしね……そう考えれば考えるほど、身を切られるように苦しかった」

そう零《こぼ》す殿下は、少し寂しそうだった。

「君がいなくなってからというもの、日中ぼーっとすることが多くなった僕に、レヴェリッジがキレてしまってね。居場所を教えるから探して来いって言われちゃったよ」

殿下は苦笑を漏らしたあと、静かに続ける。

「ここに来るまでの間も、どうやって君を連れ戻そうかと、そればかり考えていた」

「で、殿下……」

戸惑いを隠せないでいる私を、殿下は逃がさないとばかりに強く抱きしめる。

「今更と思うかもしれない。けれど言わせてくれ。僕は君を愛している。君を連れて帰りたい。

ずっと僕の傍《そば》にいて欲しい」

熱っぽい瞳で見つめられ、目の奥がチカチカする。

「アリーシア。君の返事を聞かせてくれないかい？」

「わ、私は……」

そこで、先ほどまで抱いていた後悔が胸を過《よぎ》った。

やがて覚悟を決めた私は、勇気を振り絞って自分の思いを告げる。

「私は、ユリウス殿下のことが好きです……叶うのならば、ずっとお傍《そば》にいさせてください！」

そう言い切った瞬間、私の身体が宙に浮いた。

「きゃっ！　で、殿下！　落ちます！　落ちますって!!」

「大丈夫だよ。シアの一人や二人くらい、軽いものさ！」

慌てふためき、殿下の首にしがみ付く私を笑いながら、彼はくるくると回る。

ようやく地面に降ろしてもらえたときには、軽く目が回っていた。

殿下はそんな私を愛おしそうに見つめ、乱れてしまった金髪を大きな手で優しく撫でつける。

「良かった……もう間に合わないかもしれないと思っていたんだ……」

そう呟きながら、彼は静かに私の肩に顔をのせた。

「誤解があるようなので言っておきますが、私とサハルさんの間には、本当に何もありませんからね」

私の言葉に殿下は微妙な表情をしてから、困ったように笑う。

「シアには僕の何倍もの人生経験があるのかもしれないが、まだまだわかってないこともあるみたいだね」

「なんのことですか？」

「他人の感情」

殿下は嬉しそうに言ってみせる。

私は思わずウッと詰まった。

「物知りなシアも好きだけど、鈍感な君も素敵だよ」

目を細めた殿下がそう言って、私のおでこにキスを落とす。

「な、な！　何をするんですか！」

焦って殿下から距離を取ったが私の顔は鏡を見るまでもなく真っ赤だろう。

「……ほらね。想いの通じ合った恋人同士がすることと言えば、一つしかないのに」

私を見つめる殿下の目元のホクロは、いつも以上に色っぽく見える。

「殿下、物事には順序というものがあるのをご存じですか？」

「じゃあ何かい？　仲良く手を繋いで散歩することから始めようとでも言うつもりかい？」

私はぶんぶんと頷く。

「ときには、そういった手順を無視することも必要なんだよ……とはいえ、シアが良いと言うまではキス以上のことはしないよう気を付けるよ」

「……そこは約束してください」

「……善処しよう」

そう言ったところで、お互いに笑い合う。

「じゃあ、そろそろ戻ろうか」

その言葉と共に差し出された手を取り、屋敷の方向へ一歩踏み出したとき、別の方向にグイッと引っ張られた。

「シア、どこへ行くんだい？　こっちだよ」

屋敷ではなく門がある方向を当然のように示され、私は困惑した。

「お屋敷はこちらですが……」

「僕の傍《そば》にいてくれると言ったんだから、もちろんケールベルグに帰るんだろう？」

「え、でも……」

仕事を途中で放棄するわけにはいかない。それにここからケールベルグ領まではそう遠くない。そう会えない距離ではないし、このままここに勤めていてもいいのではないか。そんな思いが頭を過《よぎ》った。

それを殿下に伝えたら、殿下は驚いたような顔をしたあと、見る見るうちに不機嫌になる。

「アリーシア……君は僕の言葉を聞いていなかったのかい？　僕は『ずっと傍にいてくれ』と言ったんだよ？」

「それは、聞いてましたが……」

そう返すと、殿下はゆっくりと首を横に振った。

「やっぱり君は鈍感だね。もう一度わかりやすく言うよ。アリーシア・オルフェ、君を愛している。君以外の伴侶《はんりょ》は考えられない。僕と結婚して欲しいんだ」

「……え？　ええ！　えええええええ！」

腰を抜かして絶叫する私。

そんな私を肩に担《かつ》いで、満足げに屋敷の門を出る殿下のあとを、猫が楽しそうについてくるのだった。

◇　◇　◇

城に戻った私を出迎えてくれたのは、いつでも変わらぬ冷静なレヴェリッジさんと、泣き笑いするエジットさん、それに好奇心丸出しのメイドたちだった。

ユリウス殿下は王位継承権第二位だが、王位に就《つ》く可能性は極《きわ》めて低い。更には国王陛下が彼を溺愛《できあい》していることからも、反対されるどころか恋愛結婚を祝福されたのだ。

そのため帰還して数週間も経たないうちに、私の肩書きはスカラリーメイドから、ユリウス殿下の婚約者となった。

これまでのように鍋を洗う必要がない代わりに、一日中家庭教師に張り付かれ、この国の歴史やらダンスやらマナーやらを叩き込まれている。

とはいえ、私にも一応貴族だった時代があるためさほど教師の手を焼かせることなく、順調にこなしていった。

空いた時間にはこれまでのように物作りを行い、充実した日々を過ごしている。

そんなある日、殿下が私の部屋にやって来た。

「シア、これを見て欲しいんだ」

そう言って手渡されたのは、一冊のノート。

「これは……？」

「ああ、母上の持ち物だ。以前母上の部屋に何か【転生者】である証拠がないかと探してみたと言っただろう？　あのときは途中から違う話になってしまって、見せそびれたままだったんだ」

それを聞いた私は驚いた。王妃さまが使うには、あまりに質素なノートだったからだ。

「僕は読めないけど、シアならと思って持ってきた。読めそうかい？」

私はゆっくりとノートを開く。几帳面な文字がびっしりと並んでいたが、それはこの国の――いやこの世界の文字ではなかった。だが転生者である私には、読むことができる。

そのノートの一ページ目には、『私の転生人生は、きっと今回で終わりだろう』と記されていた。

『もしこのノートを読める者が現れたときのために、記《しる》しておくことにする。私は【転生者】である。一番初めの人生で、私は多くの罪なき者たちを殺した。きっと元の世界では悪女として名を残していることだろう。その罪を贖《あがな》うため、私は幾度も転生を繰り返してきた。だが、それも今回が最後だと思う。なぜなら今回の転生で、私は王妃となった。これまでの人生で一度も持つことのなかった子供も産んだ。だからきっとこれが最後。もし私と同じ【転生者】がこれを読むことがあれば、それを覚えていてほしい。罪が許される日は必ず訪れる。それを決して忘れないで』

私はノートを開いたときと同じくゆっくり閉じて、殿下に返す。

「何か手がかりはあったかい？」

「いいえ、ただの日記でした」

私はゆっくりと首を横に振ってみせた。

「……そうか」

ノートには王妃さまの犯した罪が書かれていた。殿下にはそれを話す必要はないだろう。そう思って誤魔化《ごまか》したのだ。

殿下は一瞬怪訝《けげん》な顔をしたが、ふっと笑って頷き、それ以上聞いてくることはなかった。

◇　◇　◇

良く晴れたある日、私とユリウス殿下の結婚式が行われた。式典を前にローゼンベルグ王国では、各国を招いた盛大なパーティーが開催された。

殿下の髪色に合わせた赤いドレスを身に纏《まと》った私は、各国の代表者からの祝辞を受ける。第三王子とはいえ、ローゼンベルグ王国は大国であるため、様々な国の代表者が参加していた。

「……殿下、これ、いつまで続くんですか？」

「さあねえ、僕も結婚は初めてだから」

そう言って顔を寄せ合い二人でクスクスと笑っていると、レヴェリッジさんが背後で小さく咳払《せきばら》いをする。

「お二方！　本日の主役はあなた方なのですよ！　皆さまから見られているのですから、せめて今日だけでも威厳のある立ち居振る舞いをお願いいたします！」

すでに殿下の奔放ぶりは重々理解しているはずのレヴェリッジさんだが、それに私まで加わったため手に負えなくなったと、シェフのエジットさんに漏らしているらしい。

この二人、実は意外と仲が良い。神経質なレヴェリッジさんとのほほんとしたエジットさんは、正反対のように見えて、なかなか気が合うんだとか。

未だたまに覗《のぞ》きに行く厨房《キッチン》で、エジットさんが教えてくれた。

厨房へ行くたびにレヴェリッジさんからは、「第三王子の妃となる方がこのような場所に来るべきではない！」と、どこかで聞いたことがあるようなお小言を頂戴しているのだが……

そのときと同じように、私は肩を竦《すく》めて返事をする。

「はーい」

そうして私たちは、またもや招待客に囲まれた。無難な受け答えをしてようやくそれらを終えたとき、横に並ぶ殿下が小さく呟いた。

「一難去ってまた一難、か」

「え？」

思わず殿下を見上げると、彼は少し離れた人混みに視線を向けていた。

私もつられてそちらへ顔を向けたら、顎《あご》を掴まれグイと強引に引き戻される。

そんな私に殿下は色っぽい流し目を向けたあと、そっと耳元で囁《ささや》く。

「僕が横にいるというのによそ見をするなんて、いけない子だね……アリーシア、愛しているよ」

突然告げられた愛の言葉に、私は戸惑う。

「ユ、ユリウス殿下……」

「シアも同じだよね？」

「もちろんですが……」

「そう、じゃあ、何があっても心を動かされないでね……もしそんなことになれば、お仕置きだよ」

そう言って久しぶりに魔王スマイルを浮かべたあと、私の顎を掴んでいた手を離した殿下。その顔を、私は意味がわからないまま見つめていた。

そのとき先ほど殿下が見ていた方向から、一人の招待客が声をかけてくる。

「ユリウス殿下、アリーシア妃、この度はおめでとうございます……とでも言っておくべきなんだろうな」

その聞き覚えのある声に、振り向いた私は固まった。

そこには、民族衣装であろう真っ白なトーブを身につけたサハルさんがいたのだ。

「久しぶりだな、アリーシア。お前らが結婚すると聞いたときは、嘘かと思ったぞ」

「シェフ……じゃなくて、サハルさま。お久しぶりです」

「サハル、思っていたよりも元気そうで安心したよ」

「おかげさまでな」

そうして私たち三人は、再会を喜び合いながらその場を離れる。

シャムスバラドもローゼンベルグに負けない大国だ。そこの君主であるサハルさまと殿下との会話に割って入ろうなんて猛者《もさ》はいなかった。


その日の夜、殿下と私は今日の話で盛り上がっていた。話題は当然久しぶりに会ったサハルさまのことだ。

「本当に王族だったんですねえ……サハルさま」

お付きの人を何人も従えて堂々とした姿は、ついこの間までここでシェフをしていたのが嘘みたいだった。

「まあね。でも本質は何も変わってないと思うけど？　シェフをしていたときも、シャムスバラド王をしているときも、サハルはいつでも偉そうだ」

殿下は楽しそうに笑う。

「確かに昔から偉そうでしたね……でも、本当になぜここでシェフをされていたんでしょうね？」

前々から思っていた疑問を口にすると、殿下がいたずらっぽく答える。

「こちらの菓子は甘さが足りないらしいよ」

「へ？」

殿下の答えに首を傾げる。

「今日聞いたんだけど、シャムスバラドの菓子は歯が溶けそうなくらい甘いんだって。それに慣れていたサハルにとって、こちらの菓子は全然甘くないらしい。で、仕方なく自分で作り始めたら、見事料理にハマったんだってさ」

「へえ……甘いお菓子かあ……」

「食べてみたい？」

「少し興味があります」

歯が溶けそうなほど甘いって、どんな感じなんだろう？　想像するのも難しい。何しろこの国では、砂糖は貴重品なのだ。

「食べるチャンスがあるかもしれないよ？」

「え？」

「サハル、もうすぐ結婚するんだって。きっと招待してくれると思うけど……行くだろう？」

シャムスバラドは、ここととはまったく雰囲気の違う砂の国だ。是非行ってみたい。

「もちろん！」

「じゃあハネムーンもそれに合わせよう。二人でのんびり旅をするのも悪くない」

そう言って殿下は、これまでで一番艶《あで》やかに微笑んでみせたのだった。

私は一人、心の内で考える。

――私の転生も、今回で最後なのではないか、と。

このまま何事もなく第三王子妃として生きて行くのならば、だけど。

殿下のいない人生を何度も生きていくのは、身を裂かれるように苦しいだろう。

だから、もし私の罪が許され、この生の先に死が待っているのなら……それほど嬉しいことはない。

私は残りの人生でも善行に励もうと固く心に誓うのだった。

異世界で婚活はじめました
漫画 古川やま
原作 雨宮茉莉
2015
2月
連載開
予定!
ちょっと変わった婚活ファンタジー
待望のコミック化!
ALPHAPOLIS WEBMANGA
アルファポリスWEB漫画!
他にも面白いコミック、小説など
Webコンテンツが盛り沢山!
無料で読み放題!
今すぐアクセス!
アルファポリス Web漫画
検索

コンビニごとトリップしたら、一体どうなる!?

大学時代から近所のコンビニで働き続ける、23歳の藤森奏《ソ》楽《ラ》。今日も元気にお仕事——のはずが、何と異世界の店舗に異動になってしまった!　元のコンビニに戻りたいと店長に訴えるが、勤務形態が変わらないのに時給が高くなると知り、奏楽はとりあえず働き続けることに。そんなコンビニにやって来る客は、王子や姫、騎士など、ファンタジーの王道キャラたちばかり。次第に彼らと仲良くなっていくが、勇者がやって来たことで、状況が変わり……

◉定価：本体1200円+税　◉ISBN978-4-434-20199-8　◉illustration：chimaki

甘く淫らな　Noche ノーチェ　恋物語

囚われる、禁断の恋——

疑われたロイヤルウェディング

定価：本体1200円+税

著 佐倉紫　イラスト 涼河マコト

初恋の王子との結婚に胸躍らせる小国の王女アンリエッタ。しかし、別人のように冷たく変貌した王子は、愛を告げるアンリエッタを蔑み乱暴に抱いてくる。王子の変化と心ない行為に傷つきながらも、愛する人の愛撫に身体は淫らに疼いて……。愛憎渦巻く王宮で、秘密を抱えた王子との甘く濃密な運命の恋!

旦那様の夜の魔法に翻弄されて!?

旦那様は魔法使い

定価：本体1200円+税

著 なかゆんきなこ　イラスト おぎわら

パン屋を営むアニエスと魔法使いのサフィールは結婚して一年の新婚夫婦。甘く淫らな魔法で悪戯をしてくる旦那様にちょっと振り回されつつも、アニエスは満たされた毎日を過ごしていた。だけどある日、彼女に横恋慕する権力者が現れて——!?
新婚夫婦のいちゃラブマジカルファンタジー!

詳しくは公式サイトにてご確認ください。

http://www.noche-books.com/

掲載サイトはこちらから!

雨宮茉莉（あまみや まり）
兵庫県出身。本好きが高じて 2012 年 2 月より小説を書き始める。趣味は読書と旅行。

イラスト：日向《ひむか》ろこ
http://www10.plala.or.jp/sa-za/

今回《こんかい》の人生《じんせい》はメイドらしい

雨宮茉莉（あまみや まり）

2015年2月6日初版発行

編集－及川あゆみ・羽藤瞳
編集長－塙綾子
発行者－梶本雄介
発行所－株式会社アルファポリス
〒150-6005東京都渋谷区恵比寿4-20-3 恵比寿ｶﾞｰﾃﾞﾝﾌﾟﾚｲｽﾀﾜｰ5F
TEL03-6277-1601（営業）　03-6277-1602（編集）
URL http://www.alphapolis.co.jp/
発売元－株式会社星雲社
〒112-0012東京都文京区大塚3-21-10
TEL 03-3947-1021
装丁・本文イラスト－日向ろこ
装丁デザイン－ansyyqdesign
印刷－大日本印刷株式会社

価格はカバーに表示されてあります。
落丁乱丁の場合はアルファポリスまでご連絡ください。
送料は小社負担でお取り替えします。

ISBN978-4-434-20195-0 C0093